혼자가 되었지만
잘 살아보겠습니다

70SAI, HAJIMETE NO OTOKO HITORIGURASHI
by Teruo Nishida

혼 자 가
되 었 지 만
잘　살 아
보겠습니다

아내를 떠나보내고
홀로 남은 철부지 남편의
생활 에세이

니시다 데루오 지음 ㅣ 최윤영 옮김

indigo
Story and note

그대 돌아오지도 못할
어느 곳으로
꽃을 보러 갔는가

_나쓰메 소세키

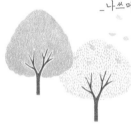

　"세제는 세탁기 위쪽 선반에 놓여 있어요. 앞에서부터 차례로 세제, 표백제 그 순서대로 세탁기에 넣어요. 뚜껑을 닫고 제일 안쪽에 놓여 있는 유연제를 세 번째로 넣고요. 알았어요? 전원은 버튼만 누르면 들어와요."

　나는 세탁기 앞에서 아내의 지시에 따라 몸을 움직인 다음 시작 버튼을 눌렀습니다.
　세탁의 시작입니다.

　그다음으로 요리 특훈입니다. 주방에서 채소를 썹니다.

머뭇머뭇 천천히, 들쑥날쑥 고르지 않게 써는 건 그럭저럭할 수 있지만, 양파 다지기는 도저히 모르겠군요. 아무리 썰어도 작은 사각으로 다져진 양파 모양이 안 나옵니다. 결국에는 적당하게 썬 양파를 모아 마구잡이로 칼질해, 썬다기보다 정확히 말하자면 으깨고 있는데 아내가 주방에 오더니 한 소리 합니다.

"이리 줘봐요. 처음 썰 때는 가장자리를 남기고 썬 다음 방향을 바꿔서 이번에는 끝까지 썰어요. 알겠어요?"
"맛은 맛국물로 내고, 간장과 미림을 적당히 넣어 맛을 보면서 간을 조절하면 돼요. 자신의 혀를 믿어요!"

아내 인생의 마지막 몇 달간은 이렇게 세탁과 요리 특훈이 이뤄졌지요.
이 무렵 아내는 이미 몸 상태가 상당히 좋지 않아서 거의 소파에 누워만 있었지만, 컨디션이 좋은 날에는 일어나 주방에 와서 집안일에 관해 여러모로 세세하게 알려줬습니다.

아내는 봄날 꽃구경과 가을 단풍놀이를 좋아했습니다.

"일생에 꼭 한 번은 요시노에 벚꽃 보러 가요."

이렇게 자주 말했었지요.

몇 년 전 내가 대학을 완전히 떠나 공직에서 물러난 후에는 자유로운 시간을 가질 수 있게 됐습니다.

그래서 서둘러 오사카성 공원의 벚꽃, 요시노의 벚꽃, 나라의 벚꽃을 보러 갈 계획을 세웠지요.

15주년 결혼기념일을 친구네 부부와 함께 축하하고는 마치 아이가 소풍 가는 듯한 밝은 기분으로 다음 날 꽃구경에 나섰지요.

오사카성 공원과 나라의 신야쿠시지나 도다이지에는 벚꽃이 때맞춰 만개해 근사한 벚꽃을 즐길 수 있었습니다. 하지만 가장 보고 싶어 했던 요시노의 벚꽃은 조금 일렀는지 아직 3분의 2만 피었더군요.

"좋아. 내년에 다시 데리고 와주겠소. 내년에는 반드시 타이밍 맞춰서 만개한 요시노의 벚꽃을 보러 옵시다."

그렇게 말하며 야마구치로 돌아왔지요. 집으로 돌아온 아내는 촬영한 사진을 정리하고 마음에 드는 걸 인쇄하는 거로 아쉬움을 달랬습니다.

이때 이미 병마가 아내의 몸을 침범하기 시작했으리라고는 두 사람 모두 꿈에도 생각 못 했지요.

꽃구경을 하고 2, 3주가 지난 4월 말의 일이었습니다.
"부정출혈이 있어서 의사한테 진찰 좀 받고 올게요."
이 말을 남기고 아내는 의학부 시절 동창생에게 진료를 받으러 후쿠오카로 외출했습니다.

진찰 결과는 자궁경부암이었습니다.
그로부터 아홉 달에 걸쳐 항암제와 방사선 치료가 진행됐지요. 그러나 유감스럽게도 폐와 간으로의 전이가 발견됐고 반년이라는 시한부 선고를 받았습니다.
그리고 암 진단으로부터 약 1년 반 후.

나를 남겨두고 아내는 돌아올 수 없는 사람이 됐습니다.

혼자 사는 생활을 시작해보니 필요한 최소의 집안일은 요리와 세탁과 청소지만, 그 외에도 실로 많은 일이 있음을 알게 됐습니다.

무엇이든 아내에게 맡기던 나는 사실 현금 자동입출금기에서 돈을 찾거나 입금하는 일 같은 걸 여태 한 번도 해본 적이 없었습니다. 통장과 인감을 들고 은행에 가면 예금을 찾을 수 있을 거라는 구닥다리 생각을 하는 인간이었지요. 거기에 집과 마당 손질이나 확정신고 문제 등, 그야말로 다양한 집안일이 산더미만큼 있더군요.

시작해보니 집안일이라는 게 하루 중 터무니없이 많은 시간을 차지하고 있음도 깨달았습니다. 다양한 집안일 중에서도 끼니를 챙기는 일은 매일 절대 필요한 일이더군요. 요리가 집안일의 최우선이 되더란 말입니다. 세탁이야 살짝 게으름을 피워도 여벌의 속옷과 양말을 충분히 구입하면 어찌어찌 되지요. 청소는 쓰레기만 제때 버려 집안을 쓰레기더미로 만들지 않도록 주의하면 먼지로 공기야 더럽겠지만 뭐, 나중에 하면 됩니다.

그래서 제일 먼저 도전한 집안일이 요리였지요.

나를 걱정해주는 지인과 친구에게 도움도 받아가며 조금씩 집안일에 익숙해졌고, 세탁과 청소 및 할 수 있는 집안일의 목록도 늘려나갔습니다.

하지만 아내가 떠나고 1년 이상이 흐른 지금, 아내의 손길로 늘 청결하고 쾌적했던 예전의 집과는 매우 큰 차이가 나더군요.

어떻게든 '쓰레기 집만은 되지 않도록' 기를 쓰는 게 고작입니다. 실제로 혼자서 생활해보니 아직도 모르는 것투성이라 대체 왜 진작 아내의 말을 새겨듣지 않았는지 후회의 연속입니다.

아내를 보낸 후 오랜 벗과 지인에게서 '나도 마찬가지로 몇 년 전에 아내를 떠나보냈습니다'라고 적힌 편지를 받았습니다.

일반적으로는 평균수명을 생각할 때 남자가 먼저 죽는다고들 생각하는데 아내를 먼저 떠나보낸 사람이 의외로 많다는 사실에 놀랐습니다.

편지에는 어떻게 그 고난을 극복했는지, 어떻게 쓸쓸함을 이겨냈는지 하는 등의 경험담이 적혀 있었습니다. 그리고 혼자서 생활해나가기 위한 비법 등도 친절하게 알려줬지요. 무엇보다 같은 고통을 겪은 사람에게서 받은 격려의 편지가 내 마음에 스미어 감사의 마음으로 가득 찼습니다.

어떻게 해야 좋을지 모른 채 멍하니 있는 내게 큰 위로와 도움이 됐습니다.

아내가 떠나고 1년 반, 봄 여름 가을 겨울을 경험한 지금에야 겨우 어떻게 생활해야 좋을지가 대강 눈에 보이기 시작했습니다. 그래서 일흔을 맞아 혼자가 된 남자의 마음속에 어떠한 갈등이 있고 어떻게 집안일을 소화하며 살아나가야 할지 적어보기로 마음먹었습니다. 삶의 보람이나 일하는 보람을 찾아 상실감을 극복해나가고 있는지에 관한이야기가 누군가에게는 도움이 되지 않을까 하는 생각으로요.

집안일을 시작하기에는 나이가 너무 많을지도 모릅니다. 그러나 스스로 하는 것 외에는 달리 살아남을 방도가 없습니다. 실패한 이야기도 포함해서 저의 경험이 여러분에게 도움이 되기를 바랍니다.

니시다 데루오

차례

프롤로그 • 6

1장 / 아내를 떠나보내고
          혼자가 되었습니다

당신이 떠난 후에야 알게 된 것들 • 20

아내와 함께했던 마지막 시간 • 25

버릴 수 없는 유품 • 29

그대가 이 세상에 없다는 사실을 인정해야 하겠지만 • 38

기쁨도 슬픔도 나눌 상대가 없기에 • 42

그리움과 배고픔에 대하여 • 46

사람만이 줄 수 있는 가정의 온기 • 51

죽음은 끝이 아니라 인생의 마무리니까 • 57

살아가는 일은 쓰레기를 내놓는 일 • 61

죽을 때는 추억이 담긴 사진 몇 장이면 충분하다 • 67

2장　　／　　남자, 혼자 사는 법을
　　　　　　배우기 시작하다

누구에게나 '당신이 필요해요'라는 사인이 필요하다 • 72

산다는 건 사소한 일을 하나하나 해결해가는 과정 • 76

사람이 죽음에 이르기까지 필요한 금액 • 81

현금 자동입출금기에 농락당하다 • 84

집안일에는 머피의 법칙이 가득하다 • 87

시행착오 끝에 터득한 청소기 사용법 • 91

설거지를 하며 아내의 거친 손을 떠올리다 • 97

'남자의 혼밥'에 도전하는 그날까지 • 101

계절의 변화에 맞춰 필요한 옷 정리 • 108

아무리 애를 써 봐도 다림질은 어려워 • 112

3장 / 살기 위해 먹어야만 하는
현실이 슬프지만

우리는 모두 언젠가는 죽는다 • 118

살기 위해서는 뭐든 먹어야만 하니까 • 125

남자, 처음 세탁기를 사용하다 • 130

전자레인지와 오븐토스터 사용법 • 134

다양한 조리기구 선택하기 • 139

오후 4시의 우울, 저녁 메뉴 정하기 • 142

젊은 시절을 떠올리게 하는 요리의 즐거움 • 146

몸의 영양공급만큼이나 마음의 영양공급도 필요하다 • 154

설거지를 바로바로 해야 하는 이유 • 158

4장 / 당신에게 늘 자랑스러운
남편이 될게요

떠나는 새는 흔적을 남기지 않는다 • 164

당신에게 자랑스러운 남편이 될게요 • 170

대화할 사람이 없다는 슬픈 현실 • 174

독신의 균형 있는 생활리듬 만들기 • 177

혼자서도 후회 없는 삶을 살고 싶다면 • 182

언제 데리러 와도 괜찮다는 마음가짐 • 185

누구나 죽을 때는 타인의 도움이 필요하다 • 188

기쁨과 슬픔이 함께 공존하는 삶 • 193

5장 / 노년의 남자가 혼자 살기 위해 알아야 할 일곱 가지 법칙

법칙1 잃어버린 것을 세지 말고 가진 것에 감사하라 • 199

법칙2 내가 만난 사람들이 곧 나의 인생임을 기억하라 • 206

법칙3 죽을 때까지 계속 배우면서 재미있게 살아라 • 213

법칙4 은퇴 후 시작되는 인생의 황금기를 누려라 • 222

법칙5 멋지게 나이 들고 싶다면 설렘을 포기하지 마라 • 228

법칙6 언제 닥칠지 모를 긴급 상황에 대비하라 • 236

법칙7 남은 인생은 덤이라 여기고 마음껏 즐겨라 • 249

에필로그 • 254

1장

아내를 떠나보내고
혼자가 되었습니다

당신이 떠난 후에야
알게 된 것들

대학을 졸업한 이후 나는 평생을 대학 의학부 안에서 보냈습니다. 안과의로 진료에 종사했고 안과 연구자로서 몇 가지 새로운 지견을 발견했으며, 또한 교육자로서 차세대 안과의를 키워왔습니다. 밤늦게까지 학교에서 생활했으니 소위 집안일과는 담을 쌓고 살았습니다.

아무리 늦게 귀가해도 집에는 식사가 차려져 있었지요. 청소, 세탁은 물론이거니와 부끄럽지만 내 서재 정리조차도 스스로 한 적이 없었습니다. 아내도 안과의였던 터라 책상 위에 어지럽게 널려 있는 논문이나 자료를 휙 훑어보고는 내용별, 혹은 프로젝트별로 꼼꼼하게 분류해서 정리해줬습니다.

　매일 외출할 때의 복장도 모두 아내가 준비해줬지요.
'그런 거야 아무럼 어떻다고.' 속으로 투덜거렸지만 매일
아침마다 양복색에 맞춰 와이셔츠를 고르고 넥타이를 선
택하느라 아내는 늘 분주했습니다.

　벌써 입었는데 바지 다림질이 시원찮다 싶으면 아내는
"다림질하게 얼른 벗어요" 하면서 내가 "이만하면 괜찮
소"라고 말할 새도 없이 바지를 벗겨갔지요.

　"오늘 이불 말렸어요. 기분 좋죠?"

　"고맙구려. 기분이 참 좋네."

　항상 이런 식이었지요. 더군다나 쓰레기 분리수거 같은
일도 대부분 아내가 해줘서 나는 일 년에 몇 번 해본 적이
없었습니다.

　학회나 강연으로 출장을 갈 때는 일정을 일러주면 속옷
과 와이셔츠를 필요한 개수만큼 미리 챙기고, 지병으로 챙
겨 먹는 약까지 가방에 넣어둬서 그냥 그걸 들고 가기만
하면 됐지요. 내가 하는 일이라고는 컴퓨터와 파워포인트
자료 등, 강연 관련 자료를 잊지 않고 준비하는 것뿐이었

습니다. 덕분에 출발 전 마지막 순간까지 강연 슬라이드를 수정하며 만족스러운 수준으로 완성할 수 있었습니다.

막상 아내가 떠나고 보니 외출 준비를 해줄 사람이 없어 직접 며칠분의 약을 챙기고 속옷이며 와이셔츠 개수를 세어 적당한 크기의 여행용 가방을 찾아 채워 넣는 작업을 해야만 했지요. 이게 또 엄청나게 시간을 잡아먹는 일임을 깨달았습니다.

강연 내용을 확인하기보다 먼저 외출 준비부터 한 다음에 남은 시간에 슬라이드와 자료를 확인해야 했지요. 친구에게 불평을 늘어놓으니 이러더군요.

"자네는 지금껏 너무 응석받이였지. 출장 준비는 원래 스스로 하는 거라네."

친구는 조금도 내게 맞장구쳐주지 않았습니다. 그런 말을 들을 정도로 나는 지금껏 아이처럼 오냐오냐 대접만 받은 게지요.

매일의 식사 준비, 세탁 그리고 가끔 하는 청소…… 따로 놓고 보면 집안일은 크게 시간을 잡아먹지 않을지도 모릅니다. 하지만 전체로 보면 꽤 많은 시간이 필요합니다. 매일 오는 편지와 광고 우편물을 처리하는 데만도 한두 시간이 순식간에 지나갑니다. 실제로 혼자 해보니 집안일이라는 게 엄청난 작업임을 알게 됐지요.

'집안일에 치여 죽겠다!'

마음속으로 외쳐댄 적이 한두 번이 아닙니다.

아내와 함께 생활한 16년 반 동안은 내게 있어 인생의 수확기이기도 했습니다.

결혼하자마자 미국 각막학회가 매년 전 세계에서 단 한 명에게만 수여하는, 꿈꿔오던 최고의 명예인 카스트로비에호 메달(Castroviejo Medal)을 수상했지요. 그 이후에도 서일본문화상, 일본의사회의학상, 일본안과학회상, 중국 문화상 등 잇달아 큰 상을 받았습니다. 또한 현재 승인된 약제로는 치료에 이르지 못하는 난치성 각막 장애를 치료하는 방법을 세계에서 처음으로 세 개나 발견해낼 수 있었습니다.

연구로 고민할 때면 주저하는 법 없이 "시도해봐요" 하고 항상 등을 밀어준 아내 덕분에 나는 언제나 마음껏 연구를 추진할 수 있었습니다. 내가 집 밖에서 실컷 날갯짓을 하며 연구해서 성과를 올릴 수 있었던 이면에는 일에 집중할 수 있는 환경, 귀가 후의 평온한 분위기, 그리고 깨끗하고 깔끔한 복장으로 외출할 수 있도록 준비하느라 아내가 들인 막대한 시간과 노력이 있었다는 것을 새삼 실감합니다.

"고맙구려." 말해도 더 이상 들리지 않을지도 모르지만 지금은 정말로 고마움 가득한 심정이며, 내가 혹여 어느 정도 사회에 이바지했다면 그 반은 아내 덕분이라고 다시 한번 생각합니다.

한데 각오야 다졌지만 실제로 아내 없이 나 홀로 생활해야 하는 상황이 되니 사소한 것에서부터 중대한 일까지 갖가지 일이 참 다양하게도 일어나네요.

아내와 함께했던
마지막 시간

16년 전에 아버지를, 10년 전에 어머니를 배웅했습니다. 부모님의 죽음은 확실히 마음을 무겁게 했지요. 하지만 그 역시 이 세상의 일과로 결국은 맞이해야 할 일이라고 각오하고 있었고, 또 두 분 모두 80년 이상의 인생을 보내며 천수를 누렸으니 어떤 의미에서는 축하한다고 말할 수 있을지도 모릅니다. 야마구치에 사는 나를 대신해 오사카에서 남동생이 마지막까지 병구완을 해준 덕에 상주로서 담담히 부모님을 배웅할 수 있었습니다.

그러나 평균수명이 80세 이상이라고 하는 오늘날 아내가 예순여덟에 죽으리라고는 조금도 상상하지 못했지요.

나도 아내도, 남자인 내가 먼저 떠날 거라고만 생각했었습니다. 60대에 아내를 잃는다는 건 부모님을 배웅하는 것과는 마음이 전혀 다릅니다. 자식과 함께 살고 있지 않았기에, 둘이서 보낸 집에서 아내가 떠나고 난 뒤 혼자 생활해 나간다는 게 정말이지 고통스러웠습니다.

아내가 먼저 간 후 1년 반의 생활을 돌아보니 혼자 사는 생활이 궤도에 오르려면 두 가지 요소가 필요하더군요. 하나는 아내의 죽음 받아들이기. 그리고 다른 하나는 죽은 아내와 마음의 거리 두기입니다. 아내의 죽음을 마음으로 준비할 때와 막상 현실에서 아내가 사라진 이후의 마음가짐, 감정 그리고 생활은 크게 달랐습니다.

증상이 나타나 암 진단을 받고 아홉 달의 치료를 받은 시기, 전이됐다는 사실과 시한부 선고를 받고서 추가 치료를 단념하고 죽기까지의 반년, 그리고 아내가 떠나버리고 난 이후의 1년 반, 약 3년의 세월이 지났습니다. 각각의 시기마다 내 마음은 강하게 요동쳤고 크게 변화해갔습니다.

치료를 받던 시기에는 반드시 암이 없어져 건강을 되찾

을 거라고 확신했고, 아내를 잃을지도 모른다는 불안이야 있었지만 아직 희망을 품고 있었지요. 전이를 알게 되고 치료를 받지 않기로 하고서는 이 세상을 떠나는 시점이 명확해진 시기라 맞이할 그날을 향해 살아가는 나날이었습니다. 아내는 나를, 그리고 나는 아내를 생각하며 일상을 보냈지요. 아내로서는 몸이 자유롭게 움직이는 동안에 가능한 한 직접 많은 것을 정리하려 한 시기였습니다.

내게는 아내에게 미련이 남지 않도록, 아내가 자신이 살아온 인생에 행복을 느끼며 그날을 차분한 마음으로 평온하게 맞이할 수 있도록 곁에서 도우며, 조금이라도 즐거운 추억을 많이 만들려고 했던 시기였습니다.

다행히 대학을 관리하고 운영하는 일을 관둔 터라 모든 시간을 아내를 위해 사용할 수 있었지요. 그런 의미에서는 어떤 후회도 없습니다. 계속 공직에 있었다면 그렇게까지는 할 수 없었으리라 생각하니 신이 모든 것을 꿰뚫어 보고 그런 배려를 해준 게 아닐까 싶습니다.

실제로 통증이나 배의 부기 등으로 고통스러워했던 건

마지막 한 달 반뿐이었습니다. 그 덕에 아내에게 여러 가지 집안일을 배울 시간적 여유가 있었고, 어떤 의미에서 이는 다행이었다고 생각합니다. 만약 아내가 갑자기 떠나기라도 했다면 모든 일을 아내에게만 맡겨뒀던 나는 어떻게 해야 좋을지 몰라 분명 우왕좌왕했을 겁니다. 아내가 먼저 가는 것에 대해 본인뿐만 아니라 나도 어느 정도 각오를 할 시간이 주어진 셈이지요.

그럼에도 막상 그 시간이 찾아오니 공허함과 무상감만으로는 표현할 수 없는, 도저히 말로 표현 안 되는 마음과 감정이 솟아났습니다. 실제로 죽고 나서 사십구재, 납골, 백일재까지의 약 석 달은 아내의 넋을 애도하는 것만으로도 벅차서 내 생활을 생각할 여유가 없었습니다. 백일재를 지난 무렵부터 나 혼자서 생활해나가야만 한다는 사실을 무겁게 실감하기 시작했지요. 그 무렵부터 일과 함께 집안일을 본격적으로 해야 하는 시기가 됐습니다.

버릴 수 없는 유품

　실상 혼자서 많은 집안일을 처리해야 하고 보니 처음으로 부딪히는 문제는 집 안 어디에 무엇이 정리돼 있는지를 이해하는 것이더군요.

　주방의 어느 서랍에 어떤 조미료가 있고 냉장고 안은 어떤 규칙으로 정리돼 있는지, 청소기를 두는 위치는 어딘지 등등 정말로 아는 것이 없었습니다. 처음에는 물건 찾는 데만도 엄청난 시간이 필요했지요. 청소기는 과감히 새로 구입했는데 여기저기서 이전에 사용하던 다양한 모양의 청소기가 튀어나오고는 합니다. 조미료도 마찬가지입니다. 슈퍼마켓에서 맛있어 보이는 조미료를 골라 사 와서 요리했는데, 시간이 조금 지나 주방 상황이 차츰 파악되자 서랍 속에 가지런히 정리된 같은 조미료를 몇 개나 발견하기도 했습니다.

그래서 뭔가 필요한 게 생기면 어지간히 급한 게 아니면 절대로 사지 않고 먼저 집 안을 빠짐없이 탐색해야 한다는 사실을 배웠습니다.

그냥저냥 그대로 참을 수 있는 것도 많지만 식사 및 세탁과 관련해서, 더구나 속옷이나 양복, 와이셔츠 등 매일 나갈 때마다 필요한 물건은 내 나름대로 알 수 있도록 새로 정리해야만 합니다. 그러려면 일단 지금 있는 물건을 어딘가로 대피시켜놓을 공간이 필요합니다. 우선 아내가 정리해놓은 것 중에서 내가 사용하지 않을 만한 것을 버리고서 공간을 만들어야 하지요.

사실 이것이 참으로 힘든 작업입니다. 아무리 하찮아 보이는 것이라도 쳐다보면 아내와의 추억이 떠오릅니다. 백화점의 근사한 포장지나 예쁜 끈 같은 게 서랍 가득 들어 있으면 필요할 때 사용하려고 소중히 챙겨뒀구나 싶어서 내가 사용할 리는 없다는 생각이 들어도 차마 버릴 수가 없습니다. 이 말은 그 서랍을 비울 수 없다는 의미여서 새로운 정리는 거기서 중단됩니다.

일단 급한 대로 봉투에 담아 바닥에 뒀는데 그 수가 쌓이니 텔레비전에 자주 나오는 고령자의 쓰레기 집 같았습니다. 이렇게 해서 그런 집이 생기는구나, 실감하며 '그 상황만은 절대로 안 돼!' 하고 이성이 움직이더군요.

그래서 나 혼자 생활하는 데 필요한 최소한의 물건은 무엇일까를 생각해 안 쓸 것 같은 것은 미련 없이 버리기 시작했습니다. 아내는 어떤 의미에서 모든 것을 깔끔하게 정리하고 조금이라도 공간이 비면 거기에 물건을 정리해 넣는 유형이라서, 어디에 뭐가 있는지 또렷하게 이해하고 있었지요. 필요한 때에, 이거 달라 저거 달라 하면 어딘가에서 꺼내줬습니다. 하지만 그건 아내의 머릿속에 있는 정보일 뿐이라서 아내가 없는 지금은 물을 수가 없으니 나로서는 어디에 뭐가 있는지 알 수가 없습니다. 일일이 순서대로 서랍을 열어가며 내 나름대로 이해를 해나가는 수밖에 없지요.

1주기는 내게 매우 중요한 단락이었습니다. 1년 동안 봄 여름 가을 겨울, 계절마다 필요한 게 뭔지를 직접 경험할 수 있었지요. 추운 날이면 머플러를 찾느라 소란을 피웠지만, 지금은 '겨울 물건은 여기에' 하고 내 나름대로 정리가 됐습니다. 아직도 정리해야 할 것이 많지만 일단 1년 사계절 동안 사용하는 물건을 파악한 지금으로서는 앞으로 새롭게 내 고유의 정리정돈을 해나갈 수 있을 듯합니다.

통증완화병동에 입원하기 전까지 아내는 마지막 힘을 쥐어짜내 집 안을 정리했습니다.

은행 통장은 인감과 체크카드와 함께 하나하나 파우치에 담아뒀고, 자신의 것뿐만 아니라 내 생명보험증서나 자동차보험증도 한곳에 모아 정리해줬지요. 또한 내 양복이며 와이셔츠도 반소매, 긴소매별로 서랍장에 정리하여 넣어뒀더군요. 이것저것 물건을 찾다 보니 겨울 머플러며 스웨터, 코트도 마찬가지로 깔끔하게 정리돼 있었습니다.

다만 가장 큰 문제는 어디에 뭐가 들어 있는지를 내게 전해주지 않았다는 겁니다. 그 때문에 애써 가지런히 정리해뒀는데 뭘 찾을 때마다 내가 뒤엎었다가 난잡하게 다시 넣는 바람에 결국에는 뒤죽박죽 엉망이 되고 말았습니다.

병실에서 돌아올 때는 제법 많은 유품을 가지고 왔지요. 대부분은 친구에게 받은 병문안 선물과 아내가 마지막까지 사용했던 겁니다. 다다미방에 일단 놓아뒀는데 내가 겨울부터 봄에 걸쳐 옷을 찾는 사이 다다미방은 완전히 옷장이 되고 말았습니다. 1년 반이 지난 지금도 기본적으로는 같은 상태입니다. 조금씩 정리할 예정이나 다다미방이 예전 같은 상태로 돌아가는 일은 없을 듯합니다.

영원히 사용할 일 없는 아내의 유품을 언제까지고 남겨둘 수는 없습니다. 매일의 내 생활에 필요한 것을 확실하게 정리할 필요가 있지요. 집 안에서 입는 옷, 여름철과 겨울철 각각의 양복, 넥타이, 속옷이며 양말 등은 매일 사용하는 물건이라 손쉽게 바로바로 찾을 수 있도록 해야 합니다. 그러려면 결국 아내의 유품을 정리해서 필요한 것과 불필요한 것으로 나누어 버릴 건 모두 버려서 공간을 만드는 수밖에 없지요. 하지만 사용하던 콘택트렌즈와 화장품,

신발, 정장 등 막상 버리려고 작업을 시작했지만 모두 저마다 가진 추억이 떠올라 도저히 버릴 수가 없었습니다.

어쨌거나 집을 정리해서 내가 혼자서 생활할 수 있도록, 현재 근무 중인 오시마 안과병원의 마쓰이 다카아키 원장과 미유키 선생 부부 그리고 대학에 근무하던 시절에 내게 큰 신세를 졌다며 미조바타 씨가 정말로 살뜰히 챙겨줬습니다.

미유키 선생과 미조바타 씨가 중심이 되어 "이건 필요 없죠? 선생님이 사용할 리가 없으니까" 하며 상당히 강단 있게 버려줬습니다. 그 덕분에 쌓인 물건으로 발 디딜 곳조차 없던 골방은 바닥이 보일 정도로 여유 공간이 생겼고 몇 개의 서랍장도 깨끗해졌습니다. 이처럼 빈 공간을 만들어 새롭게 내 나름의 규칙으로 물건 정리를 시작할 수 있었습니다. 골방에는 키친타월, 티슈, 청소용 도구, 세탁용 세제, 통조림 식품, 미네랄워터 등을 물품별로 분류하여 선반에 정렬했습니다. 덕분에 필요한 물건이 있으면 일단 골방으로 가면 됩니다.

속옷이나 양말 그리고 와이셔츠 종류도 빈 서랍장에 정

내 마음속에 아내가 살아 있다면
추억의 물건쯤은
사라져도 상관없음을 깨달았습니다.

리해 넣었습니다. 이렇게 해서 적어도 내 일상용품만큼은 여기저기 찾으러 돌아다니지 않아도 되도록 정리했습니다. 미조바타 씨가 주말마다 찾아와 취사선택하면서 과감히 버려준 덕분이지요. 만약 나 혼자 작업했더라면 언제까지고 아내와의 추억에 잠겨 과감하게 버리지 못해 다양한 물건이 거실로까지 넘쳐 들어왔을 겁니다.

유품 정리는 남겨진 자 혼자서는 절대 못 합니다. 타인에게는 아무리 대수롭지 않아 보여도 남겨진 자에게는 먼저 간 자의 추억이 가득 깃든 물건이기 때문입니다. 제삼자가 그의 입장에서 정말로 필요한 물건인지, 남은 시간 동안 전혀 사용할 일 없을 물건인지 판단해줘야 한다는 것을 느꼈습니다. 그런 의미에서도 두 사람의 도움은 정말로 고마웠지요.

다만 상속 절차를 위해 필요할지도 모른다는 세무사 선생의 말에 사실은 버려도 괜찮았을 편지와 엽서 등은 버리지 못했습니다. 그러나 그 절차도 끝이 났기에 마침내 이제는 과감히 버려야 할 때가 됐습니다. 아내는 오래된 연하장도 연도별로 소중히 정리해 모아뒀습니다. 나의 단샤리(불필요한 것을 끊고, 버리기를 반복하면서 집착에서 벗어나는 삶을 지향하는 방식-옮긴이)를 위해서도 슬슬 파기를 고려해야 할 시기가 왔음을 느끼고 있습니다.

1년 반이 지나니 무엇이 필요하고 무엇이 불필요한지 조금씩 알게 됐습니다. 추억의 유품 그 자체에는 딱히 가치가 없음도 알게 됐지요. 내 마음속에서 아내는 영원히 살아 있으니 적어도 내가 건강한 동안에는 물건이 없어져도 상관없음을 겨우 깨닫기 시작했습니다.

그대가 이 세상에 없다는
사실을 인정해야 하겠지만

　아내는 입원 중 스마트폰과 아이팟을 친구나 가족과 연결해주는 유일한 수단으로써 매우 요긴하게 썼습니다. 항상 충전 중이었지요.

　아내가 죽고 나니 스마트폰을 해지해야 했지만 좀체 할 수가 없었습니다. 한 번만 더 아내와 이야기하고 싶다는 마음이 떠나질 않았기 때문입니다. 이 마음은 1년이 지난 지금도 마찬가지입니다. 정말 아내와 이야기하고 싶은데 그때 휴대전화가 없으면 어디에 전화를 걸어야 좋을지 모르지 않나 하는 마음으로 해지 절차를 밟을 수가 없었습니다. 또한 해지해버리면 아내가 저세상에서 내게 연락을 취하려 할 때 곤란하지는 않을까 하는 마음도 있었습니다. 냉정하게 생각하면 정말로 터무니없는 생각이지요. 나도 잘 압니다. 그럼에도 해지할 수가 없었습니다.

1주기가 끝나고 한참 지나서 역시 두 번 다시 이 전화기는 울리지 않는다고 스스로에게 되뇌고서야 비로소 해지 절차를 밟으러 갔습니다.

신용카드 역시 비슷한 마음이었습니다. 삼도내(사람이 죽어서 저승으로 가는 도중에 있는 큰 내-옮긴이)를 건널 때 뭔가를 지불해야 하면 신용카드가 필요할 텐데 그때 지불을 못 해 강을 못 건너면 가엾다는 생각도 들었습니다.

예전 젊은 시절에 안구은행 업무로 안구기증을 해주신 분을 찾아간 적이 있습니다. 유족분이 이렇게 말씀하시더 군요.

"삼도내를 못 건너면 안 되니 두 눈을 모두 기증할 수는 없습니다. 한 쪽만 해주세요."

그 무렵 아직 젊었던 나는 속으로 '눈이 있건 없건 삼도내는 건널 수 있을 텐데' 싶었지요.

지금 아내를 잃고서야 비로소 그때 그 유족 분의 마음을 알 것 같더군요.

다만 신용카드를 해지하지 않았던 일로는 큰 낭패를 볼 뻔했습니다. 아내가 죽고 1년 이상이 지났을 때 유럽에서 아내의 카드가 사용되어 청구서가 날아왔습니다. 소위 부정 사용이지요. 카드는 나한테 있었고 죽은 아내가 유럽에 나가 직접 사용할 리는 없습니다. 신용카드 회사에 사정을 설명하니 부정 사용이라는 결론을 내리고 양해를 구하더군요. 황급히 아내가 사용했던 모든 카드를 해지하는 절차를 밟았습니다. 신용카드나 그 외 회원증 등은 역시 감정을 분리하고 최대한 신속하게 해지해야 했구나 하고 반성했습니다.

아내가 떠나고 석 달 정도의 기간은 그저 일상생활에서 뚝 떨어져 추억 속에서만 살아 있었습니다. 사진을 보며 함께 여행했던 나날을 떠올리고, 때로는 받을 리 없는 아내의 휴대전화에 전화를 걸어보기도 하며 생활했습니다. 그리움이나 쓸쓸함은 변함없지만 1년이라는 세월이 지나

자 다시 차츰 이성이 가운을 찾아 마음과 별개로 냉정하게 생각할 수 있게 되더군요. 하지만 아무리 시간이 지나도 아내가 없다는 상실감에서 벗어날 수는 없습니다.

지금도 한 달에 몇 번은 큰 소리로 아내의 이름을 외치고 싶어집니다.

기쁨도 슬픔도
나눌 상대가 없기에

같은 안과의인 아내는 내 강연 이야기를 좋아했습니다.
강연에서 돌아오면 늘 입버릇처럼 물었지요.

"어땠어요? 완벽했어요?"

"완벽했소."

이렇게 대답하는 것이 내 입버릇이기도 했습니다.

현역에서 은퇴한 후에는 안구은행 활동의 일환으로 각
막이식이나 안구은행, 안구기증에 대한 일반인의 이해도
를 높이기 위한 대중 강연을 주로 했습니다. 그런데 최근
오랜만에 내 전문 분야의 내용으로 강연을 할 기회가 있었
습니다.

돌아오는 기차에 혼자 앉아 있는데 어디선가 아내의 목소리가 들렸습니다.

"어땠어요? 어제 강연은 잘했어요?"

동시에 갑자기 우울한 상태가 돼 기분이 가라앉고 말았지요. '군중 속의 고독'이라는 상태일지도 모르겠습니다. 어째서 이런 기분이 드는 것인지 스스로에게 물었습니다. 나의 기쁨이나 감격을 솔직하게 전할 수 있는 상대가 없기 때문은 아닐까 싶었습니다. 잘한 일을 타인에게 이야기하면 그건 단순한 자랑거리에 지나지 않고 굳이 해야 할 필요가 없는 말인지도 모릅니다.

하지만 아내라는 존재 앞에서는 내가 느끼는 감격이나 자랑스러움을 거리낌 없이 드러낼 수 있습니다. 마치 아이가 학교에서 돌아와 엄마에게 칭찬받은 일을 자랑스레 풀어놓는 것과 같은 감정일지 모릅니다. 아내가 없으니 내 마음의 기쁨도 슬픔도 나눌 상대가 없습니다.

또 나는 이것저것 쇼핑하는 것을 좋아하는 편이었습니다. 전자제품, 카메라 같은 취미 용품이나 넥타이 등은 대형 소매점 및 백화점에서 직접 구입하곤 했습니다. 홈쇼핑 카탈로그를 보거나 도쿄에서 시간이 비면 백화점이나 전문점을 어슬렁거렸지요. 외국에 나가서도 거리를 이리저리 돌아다니며 금액에 상관없이 뭔가 독특한 물건을 찾아 돌아다니는 걸 좋아했습니다.

가지고 돌아와 아내에게 건넸을 때 그녀가 기뻐하는 얼굴을 보기 위해서였지요. 때로는 "뭐예요 이거! 또 이상한 거 찾아왔네" 하며 기막혀할 때도 있었습니다.

선물을 고를 때는 상대의 얼굴을 떠올리며 쇼핑을 합니다. 선물은 내 마음을 상대에게 전하는 단순한 수단입니다. 이처럼 쇼핑의 기본은 오로지 아내의 반응이었습니다. 그러려면 아내가 지금 갖고 싶어 하는 물건이 뭔지, 아내가 좋아하는 색이 뭔지 등을 알아둘 필요가 있었지요.

아내가 죽고 나서는 이 같은 쇼핑을 전혀 하지 않게 됐습니다.

아내가 떠난 후 한동안은 생전에 좋아하던 과자 같은 걸 사가지고 와 불단에 올렸지요. 그러나 두 번 다시 그 기뻐하며 웃는 얼굴을 볼 수가 없네요. 더 이상 쇼핑으로 마음이 설레는 일은 사라지고 슈퍼마켓이나 백화점 지하 매장에서 식료품이나 속옷 및 양복 등 필요한 품목만 사게 됐습니다. 여성용 액세서리나 유쾌한 장난감 등 이제 무엇을 봐도 사고픈 욕구가 안 생깁니다.

내 마음속에서 선물하는 기쁨을 즐기는 마음이 시들었음을 깨달았습니다. '생일에는, 크리스마스에는, 결혼기념일에는……' 하고 항상 뭔가를 찾아 윈도쇼핑을 하던 때에는 내 마음이 신바람 나고 생기가 넘쳤습니다. 아내가 없어진 지금 이제 두 번 다시 그런 마음으로 쇼핑할 일은 없겠지요.

훌륭한 파트너를 만나 16년 반 동안 내 인생의 가장 빛나는 수확기를 함께 걸으며 정말로 행복했습니다. 그만큼 상실감이 너무 커서 선물한다는 행위의 즐거움과 설렘도 잃어버리고 말았습니다.

그리움과
배고픔에 대하여

집 안에 혼자 있으니 아내 생각에 잠겨 자꾸만 멍하니 있게 됩니다. 그러나 현실적으로 생활은 해나가야 하지요. 아내가 건강할 때 일일이 챙겨주던 일을 일흔 넘어 처음으로 전부 직접 해야만 했습니다. 집안일 중 몇몇은 나중으로 미룰 수 있지만 식사 준비만큼은 매일의 일과라 어쩔 수 없이 큰 과제입니다. 마지막 한 달 반 이전까지는 집에서 생활했던 터라 아내는 그 기간 동안 요리의 기초를 알려줬습니다.

그런데 막상 혼자서 해보니 당최 잘 안 되더군요. 별것 아닌 사소한 것에서부터 막힙니다. 지금도 여전히 모르는 게 많은데, 예를 들어 전분가루 사용법이나 튀김 방법 같은 건 아직도 모르겠습니다.

먹는다는 건 매일 절대 필요한 일과이며 혼자 생활하는 데 있어 매우 중요한 건강을 지킨다는 관점에서도 진지하게 생각해야만 하지요. 그래서 몇 가지 식사 및 조리에 관한 원칙을 마음속으로 정했습니다.

첫 번째 원칙은 결단코 편의점 도시락은 구매하지 않는다는 겁니다.

예전에는 일이 바빠서 편의점 도시락으로 대충 때우고 늦은 밤 귀가해서는 아내가 만들어준 맛난 저녁을 먹는 생활을 했었습니다. 영양의 균형이며 칼로리 등을 생각하면 편의점 도시락이 편리하니 결코 나쁘지 않겠지요. 그러나 일단 도시락을 사 먹는 버릇으로 돌아가면, 의지 약한 나는 남은 인생을 아주 간편한 방법으로 매일 도시락을 사러 편의점으로 달려가지 않을까 하는 불안감이 들었습니다. 한번 버릇이 들면 그 식생활에서 벗어날 수 없게 될 거라고 생각한 게지요.

다만 모든 음식을 나 혼자서 요리할 수는 없을뿐더러 여러 종류의 반찬을 1인분씩 준비하기는 어려우므로 소위 백화점 지하 식품매장의 반찬은 구매해도 괜찮다고 스스로와 타협을 했지요. 강연을 나가거나 진료로 외출할 때면 외식할 기회도 많아 실제로 집밥을 먹을 시간은 일주일에 사흘 정도인데, 이때만이라도 내 나름대로 뭔가를 조리해보자고 마음먹었습니다.

주방에 서니 어느 선반에 무엇이 정리돼 있는지 모른다는 사실을 깨달았습니다. 아내의 정리정돈 방식과 남자인 내가 두는 방식에는 차이가 있었지요.

그러한 연유로 주방에 있는 다양한 그릇의 배치가 서서히 바뀌어갔습니다. 칼 종류도 처음에는 뭐가 뭔지 몰랐고 현재까지도 완벽하게 다루지 못합니다. 칼이 잘 안 들면 어떻게 해야 할지도 과제였지요.

무엇보다 그날 저녁에 뭘 먹을지를 결정하는 고단함을 실감했습니다. 오후 4시 무렵이 되면 메뉴를 생각하기 시작해서 냉장고 안의 남은 음식을 확인하고 필요한 재료가 있으면 사러 슈퍼마켓으로 달려갑니다. 내가 만들어 내가 먹는 음식이니 입맛에 맞으면 며칠이고 매일 똑같은 메뉴를 먹게 됩니다. 나를 위해 저녁을 차려주던 아내는 매일 저녁 메뉴로 고민했겠구나 싶어, 새삼 고마운 마음이 일었습니다.

남자가 차리는 요리 메뉴는 실로 단순합니다.

일단 채소를 먹고 다음에 소고기, 돼지고기, 닭고기, 생선 중 하나를 결정합니다. 곁들임 반찬은 사치의 극치입니다. 겨우 양배추나 양파 볶음 정도지요. 그래도 다소나마 전날과 다른 양념으로 요리해야겠다고 생각해 다양한 조미료를 마련해나갔습니다.

주재료를 결정한 다음에는 조리 방법이 문제입니다. 처음에는 프라이팬으로 볶기만 했는데 서서히 맛국물을 사용해서 조림하는 방법도 익혔습니다.

요리해서 먹은 후의 설거지가 또 골칫거리입니다. 아내가 투병 중일 때는 설거지를 도맡아 했는데 "밥 먹고 조금 쉰 다음에 천천히 하고 싶으니 나중에 하겠소" 했었지요.

하지만 설거지는 먹자마자 바로 하는 편이 훨씬 편하다는 사실을 배웠습니다. 무엇보다 아침에 일어났을 때 주방 개수대에 아무것도 놓여 있지 않으면 상쾌한 기분이 들어 좋습니다. 어느새 밤에 잠들기 전에는 반드시 남아 있는 식기를 모두 씻어 정리하는 습관이 생겼네요.

사람만이 줄 수 있는
가정의 온기

"다녀왔소."

"늦게까지 고생했어요. 괜찮아요?"

"배가 고프네."

"오늘 밤은 연어구이예요."

"맛있겠구려."

아무리 늦게 귀가해도 현관에서 나누는 아내와의 대화는 언제나 이런 식이었습니다. 내가 집에 올 때까지 현관과 마당의 전등은 환하게 켜져 있었습니다. 집 안은 겨울에는 따뜻하고 여름에는 적당히 시원했지요. 방의 밝기와 온도는 귀가 때의 기분에 아주 크게 작용합니다. 직장에서의 긴장감에서 급속도로 해방되면서 따뜻한 가정으로 돌아왔다는 안도감이 생기지요.

아내가 떠나고 두 번째 겨울을 맞이했습니다. 1년이라는 세월이 흐르니 집에 돌아와도 아무도 반겨주는 이가 없다는 현실은 받아들여졌습니다. 하지만 불 꺼진 추운 집에 들어갈 때면, 아무리 시간이 지나도 말로 표현할 수 없는 쓸쓸함을 느낍니다.

현관문을 열쇠로 열어 방범장치를 해제하면 "어서 오세요"하고 기계가 소리를 냅니다. 무심코 "다녀왔소"하고 기계를 향해 대답합니다. 신발을 벗고 거실로 들어갑니다. 거기에는 아내가 예뻐하던 바둑이와 그의 부하인 봉제 인형들이 아내가 자주 앉던 팔걸이 의자에 앉아 있습니다. "바둑아, 다녀왔다. 진료하고 왔단다"하고 말을 겁니다. 그런 다음 마침내 묵언수행이 시작되지요.

생각해보니 대답은 없지만 아내와 이어져 있는 바둑이에게 말을 걸 수 있다는 것만으로도 다행인지 모릅니다. 그리고 겨울에는 난방 전원을, 여름에는 냉방 전원을 켭니다. 아무 생각 없이 텔레비전 전원도 켜서 어찌 됐건 집 안에 뭐라도 소리가 나도록 합니다. 이것으로 귀가 후 일련의 행사가 끝납니다.

예부터 '집과 가정은 다르다'는 말을 자주 들었는데, 혼자가 되니 이 말의 의미를 실감할 수 있었습니다. 온도나 습도를 완벽히 관리하는 직장 건물은 더할 나위 없이 쾌적할지 모르지만 가정으로서는 매력이 없습니다. 낮 동안 아무도 없는 집은 저녁에 귀가해보면 겨울에는 춥고 여름에는 엄청나게 뜨거워져 있습니다. 낮 동안 창문을 열어 공기를 환기할 수 없으니 집 안의 공기가 정체된 듯합니다. 그래서 온풍기나 에어컨을 켜둔 채로 외출해봤지요. 확실히 집에 돌아오면 온도는 적당했지만 물리적인 온도와는 또 다른, 가정의 온기라는 심리적인 온도는 느껴지지 않았습니다. 그저 전기세만 매우 많이 나올 뿐입니다.

온도나 습도라는 지표만이 아니라 나의 귀가를 기다려주는 사람이 있다는, 온도계에 표시되지 않는 따뜻함이 정말로 중요하다는 걸 새삼 실감합니다. 가족이 살고 있는

사람만이 줄 수 있는 따스함은
온풍기로는 결코 느낄 수 없습니다.

집, 누군가가 나의 귀가를 기다리고 있는 가정이라는 의미는 꼭 잃고 나서야 깨닫게 되는 듯합니다.

추위와 고독은 틀림없이 이어져 있습니다. 온풍기로 인한 따뜻한 기운과 석유난로를 켰을 때의 따뜻한 기운은, 실온은 같아도 마음에 작동하는 따뜻함이 전혀 다릅니다.

말로 형용할 수 없이 마음에 스며드는 듯한 따뜻함은 온풍기로는 느낄 수 없습니다. 그렇다고 혼자 생활하는데 난로를 켜둔 채로 외출할 수는 없는 노릇이지요. 아무래도 화재 문제를 생각하면 온풍기로 난방을 하는 수밖에 없습니다.

낮에 집에 사람이 있었다면 창문을 열어 상쾌하고 신선한 공기와 함께 태양 빛을 들여 집 안을 따뜻하게 해뒀을 겁니다. 귀가했을 때의 외로움을 조금이라도 줄이고자 우선은 돌아왔을 때 적당한 온도가 되도록 온풍기 온도를 설정하기도 했는데, 그것으로는 외로운 마음에 아무 도움도 되지 않는다는 사실을 깨달았지요.

혼자 생활하고 있다는 현실을 마음으로 확실하게 받아

들여 이 고독을 스스로 극복하는 것 이외에 외로움을 해소할 방법은 없다는 걸 최근에 느꼈습니다.

인간처럼 반응하는 로봇이 개발되고 있습니다. 홀로 사는 사람에게는 도움이 될지도 모릅니다. 하지만 방범기기가 "어서 오세요"라고 말해줘도 그 순간의 대화일 뿐, 진정으로 마음에 스며드는 따뜻함은 없습니다. 사람만이 사람의 마음을 따뜻하게 할 수 있는 까닭이겠지요.

죽음은 끝이 아니라
인생의 마무리니까

떨어져 살았던 탓에 부모님이 돌아가실 때도 나는 부모님의 죽음을 눈앞에서 끝까지 지켜봤다는 실감이 없었습니다. 하지만 이번에 아내가 죽음에 이르는 과정은 빠짐없이 지켜봤지요. 인간이 어떻게 죽어가는지, 어떻게 고통스러워하며 죽어가는지를 봤습니다. 또한 어느 정도의 시간축으로 그 길을 걸어가는지도 배웠습니다. 아내는 남은 시간을 실로 유효하게 사용했다고 생각합니다.

먼저 두 아이와 내게 꼼꼼하게 유언을 남겼습니다. 집안의 많은 서류며 증서 등이 깔끔하게 정리돼 있었습니다. 양복과 옷도 클리닝을 끝내 종류별로 대부분 가지런히 정리돼 있었지요. 병상일기를 보니 '아직 남은 일이 많은데 그 부분은 이해해줘요'라고 적혀 있더군요. 자신이 죽는다고 생각하니 준비해둬야 할 것이 여전히 많다고 느낀 게지요. 이 세상에서 사라진다는 건 단순히 몸만 사라지는 게 아니라 다양한 사회적 관계가 사라짐을 의미하기도 합니다. 그를 위한 준비가 필요하다는 걸 배웠습니다.

또한 아내는 죽음을 각오한 순간부터 실로 의연한 자세로 일상을 보냈습니다. 마음속으로는 사실 괴로웠을 테지요. 하지만 그런 불안감을 단 한 순간도 드러내지 않았습니다. 당연히 통증이 있었을 텐데 아프다는 소리도 한번 내지 않고 마지막 한 달을 보냈습니다.

내가 아내처럼 의연한 자세로 죽음을 맞이할 수 있을지 불안합니다. "아파 죽겠어" 하고 아우성치지지는 않을는지 불안합니다. 죽음 자체는 더 이상 두렵지 않습니다. 오히려 홀로 지내는 지금의 생활에 종지부를 찍을 수 있다면 하루라도 빨리 맞이하고 싶은 마음입니다. 단지 건강한 상태에서 죽음으로 이동하는 그 시기에 어떤 흉한 꼴을 보이

지나 않을지가 가장 걱정됩니다.

　지금껏 둘이서 생활하며 아내를 남겨두고 내가 먼저 가게 될 일이 마음에 걸려 걱정이었습니다. 그런 의미에서 조금이라도 오래 살아 죽음으로 두 사람이 이별해야만 하는 순간을 뒤로 미루고 싶었습니다. 거기에는 분명 죽음의 공포도 있었지요. 또 한편으로는 아직 남아 있다고 생각되는 일도 여럿 있어서 죽기 전까지 하나라도 더 정리할 수 있다면 다행이겠다 싶었습니다.

　그런데 이처럼 아내가 먼저 떠나버리니 아내에 대한 걱정거리는 사라지더군요. 현역 생활을 은퇴하고 일흔 넘어 아내를 잃고 혼자가 되자 이제 더 이상 애쓸 필요가 느껴지지 않습니다. 젊은 시절의 좌절이나 인생의 실망에서 오는 허무함이 아니라 노인으로서 이제 내가 할 일은 충분히 다 했다는 만족감을 느낍니다. 더불어 인생의 멋진 파트너가 곁에 없으니 이 이상 애쓰며 살아갈 의미를 찾을 수가 없습니다. 결코 허무한 건 아닌데 내 인생에 만족하면서도 죽음에 대한 동경이 생겨나더군요. 오늘밖에 없다는 생각으로 내일로 향하는 마음이 옅어집니다.

아내는 내게 여러 가지를 남겨줬는데 가장 큰 건 죽음에
이르는 과정을 알려줬다는 것, 그리고 죽음은 슬프기만 한
게 아니라 한 편으로는 인생을 마무리할 수 있으니 선물이
라는 사실입니다. 이 사실이 내 안에 있던 죽음의 공포를
씻어주었습니다.

살아가는 일은
쓰레기를 내놓는 일

아내가 떠나고 혼자 집안일을 하며 생활하다 보니 의외로 매일 나오는 쓰레기를 처리하는 일이 꽤 힘들었습니다.

쓰레기 분리수거장이 다행히 집 건너편이라 쓰레기를 내놓는 일 자체는 그리 힘든 일이 아닙니다. 그러나 쓰레기를 일반쓰레기, 음식물쓰레기, 재활용쓰레기로 구분해서 각각 지정된 봉투에 넣는 일이 제일 고민이었습니다. 또한 주중 무슨 요일이 어떤 쓰레기 수거일인지를 알아둬야만 했지요. 냉장고 측면에 시에서 나온 홍보지를 아내가 자석으로 붙여뒀던 걸 생각해냈습니다. 음식물쓰레기와 일반쓰레기가 매주 월수금, 플라스틱 재활용쓰레기는 목요일이더군요. 그 이외에 일주일에 한 번 페트병, 대형 쓰레기, 위험물쓰레기 등을 수거하는 날이 있다는 걸 알게 됐습니다. 어찌 됐건 수거 일시를 파악해서 쓰레기를 내놓는 패턴을 익히는 게 첫 번째 일이었습니다.

동시에 집에서 나오는 쓰레기를 홍보지에 적힌 주의사항을 보며 종류별로 구분하는 것도 엄청난 일이더군요. 요리한 후에 나오는 음식물쓰레기는 간단하게 구분할 수 있습니다. 종이도 언뜻 보면 간단하지만 골판지 상자와 일반 포장지를 어떻게 구별할지 정확히 모르겠더군요. 산처럼 오는 광고우편물은 일반쓰레기인지 아니면 책처럼 한 달에 한 번 수거할 때 내놔야 하는지 모르겠습니다. 내 나름대로 손으로 간단하게 찢을 수 있는 광고물은 일반쓰레기로, 책자로 되어 손으로 찢을 수 없는 것은 잡지처럼 책으로 간주해 한 달에 한 번 있는 수거일에 버리자고 판단했습니다.

반상회 게시판도 아내가 건강할 땐 쳐다보지도 않았는데 직접 봐야 하는 상황이 닥치니 이것저것 쓰레기 내놓기에 관한 주의사항이 적혀 있더군요. 보통 아침에 쓰레기를 내놓고 외출하기 때문에, 쓰레기를 제대로 내놓지 않아 수거해가지 않으면 이웃에게 민폐지 싶어 각별히 신경을 썼습니다. 1년 반 정도 쓰레기를 내놓으면서 하나씩 알아나갔지만, 그래도 홍보지에 적혀 있지 않아서 구분하기 어려운 쓰레기도 나오기 마련이지요. 참 다양한 종류의 쓰레기가 많기도 하구나 하고 감탄했습니다.

재활용쓰레기인 플라스틱 제품은 씻어서 봉투에 넣으라고 홍보지에 적혀 있더군요. 그래서 반찬 등이 들어 있던 플라스틱 접시도 처음에는 세제로 씻어 말린 뒤 쓰레기 봉투에 넣었습니다.

어느 날 미유키 선생이 와서는 "뭘 그렇게까지 해요"라기에 물로 가볍게 씻어 봉투에 넣어도 된다는 것을 알았습니다. 그 이외에 병, 세제나 조미료가 들어 있던 플라스틱 용기들도 머리를 아프게 합니다. 1년 반을 생활해보니 매일 나오는 쓰레기와 달리 건전지, 프린터 잉크 카트리지, 오래된 칫솔, 면도칼처럼 정말로 끊임없이 골치 아프게 하는 쓰레기가 나오더군요.

'사람이 살아간다는 것은 이렇게나 많은 쓰레기를 내놓는 일이구나' 하고 이상하게 감탄했습니다.

그래도 나를 걱정해주는 미조바타 씨가 한 달에 두어 번 쓰레기를 버리러 와줍니다. 그 덕분에 모르겠으면 미조바타 씨에게 부탁하자는 안이한 길을 선택해버려 언제까지고 자립을 못할 듯합니다.

쓰레기라고 말하기에는 뭣하지만, 많이 쌓이면 버리고 싶어지는 것 중에 편의점이나 백화점에서 구매한 물품을 넣어주는 비닐봉지와 종이봉투가 있습니다. 그 얇은 비닐봉지는 자잘한 쓰레기를 담아두기에 아주 편리하지만 혼자 생활하니 사용하는 것보다 쌓이는 게 더 많아지더군요.

처음에는 언젠가 사용하겠지 싶어 소중하게 큰 종이봉투에 모아뒀는데 요즘에는 대강 사용량이 파악돼서 나머지는 미련 없이 버리고 있습니다. 백화점 같은 데서 받는 종이봉투 중 크고 튼튼한 건 방 안의 쓰레기통 대용으로 요긴하게 씁니다. 빈 페트병을 우선 큰 봉투에 담아두고 한 달에 한 번 있는 수거일에 뚜껑을 분리해 투명 비닐봉지에 다시 넣고 있습니다.

골방에는 아내가 보관하고 있던 멋진 종이봉투가 많습니다. 브랜드숍에서 받은 것이지요. 처음에는 이런 예쁜 종이봉투도 아내가 했던 대로 '언젠가 사용할지도 모른다'고 생각해 쟁여뒀는데 1년 이상 사용하지도 않고 그저 쌓여 자리만 차지했습니다. 그런데 진료를 나가는 병원의 비서에게 이 이야기를 하니 의외로 인기가 있더군요. "주세요" 하기에 종종 갖다 줬습니다. 그러나 종이봉투건 비닐봉지건 기본적으로는 최소한의 수만 남기고 과감히 버리는 게 기본임을 알게 됐습니다.

광고우편물이나 아직 정리 안 된 아내의 유품들이 집 안에 어지럽게 흩어져 있는데, 텔레비전에 가끔 나오는 '쓰레기 집'의 주인만큼은 되고 싶지 않아 부지런히 버리고 있습니다. 무엇보다도 혼자가 된 지금은 내가 죽은 후, 남에게 피해를 주지 않기 위해서라도 제대로 단샤리를 해 둬야만 합니다. 한데 집 안을 깨끗하게 정리정돈 한다는 건 에너지와 시간이 터무니없이 많이 필요한 일임을 알게 됐습니다.

일을 마치고 집에 돌아오면 깔끔하게 치워져 있는 식탁에 가만히 앉아 차려주는 밥을 먹는 것, 서재의 책상이 항상 깨끗하게 정리돼 있는 것을 당연하게 여겼습니다. 이제야 아내가 매일 뒤에서 엄청나게 고단한 작업을 해줬기 때문임을 깨닫고 고마워하고 있네요.

죽을 때는 추억이 담긴
사진 몇 장이면 충분하다

내가 죽고 나면 뒷정리를 해주겠다고 장남이 말해줬지만 함께 살지 않는 터라 여러모로 모르는 게 많을 겁니다. 그날을 위해서라도 금전적인 면에서 또 인간관계에서도 피해를 주지 않기 위해 정리를 하는 것이 필요하다고 생각하고 있습니다.

즉, 다양한 국면의 단샤리를 서두를 필요가 있습니다. 하지만 그냥 물건이나 사람과의 관계를 버리는 게 아니라, 소위 간소한 생활을 함으로써 남은 인생에서 정말로 필요한 것이 무엇인가를 잘 생각해 그 이외의 것을 버려나가는 것이 단샤리겠지요. 단샤리란 버리는 게 아니라 진정으로 필요한 것을 찾아 나가는 과정임을 깨닫기 시작했습니다.

　지금 살고 있는 집을 구입했을 때만 해도 거실은 아무 것도 없는 살풍경이었습니다. 그러나 지금은 아내와의 추억을 이야기할 장식품으로 넘쳐나지요. 언제 샀는지, 어디서 구했는지 장식품 하나하나가 아내와의 추억을 말해줍니다. 종종 유리컵이며 꽃병들을 빠짐없이 바라보며 그걸 사던 당시의 상황을 떠올립니다. 그러나 이런 물건도 내가 죽으면 남겨진 자에게는 잡동사니에 지나지 않겠지요.

　추억처럼 눈에 보이지 않는 것은 내 마음속에 존재할 뿐입니다. 그럴 바에야 내가 팔팔한 지금 기꺼이 받아주는 사람에게 줘서 그가 즐겁게 사용해주면 고맙겠다 싶습니다. 저세상까지 들고 가 아내에게 보일 물건 이외에는 기본적으로 모두 정리해둬야겠다고 생각합니다. 아내의 유품을 아직까지도 완전히 정리하지는 못했으나 제법 깔끔하게 버리거나 남에게 주는 과정을 통해, 나 자신의 단샤리도 대담하게 할 수 있을 것 같은 기분이 들었습니다.

　적어도 1년간 사용하지 않은 생활용품은 과감히 버려도

문제가 없다는 것쯤은 알게 됐습니다.

　태어날 때 알몸에 빈손으로 왔으니 죽을 때도 빈손이어야 하지 않을까 생각합니다. 기념이나 증표로 소중하게 여겼던 많은 메달과 상장도 인생의 이 단계에서는 별 의미가 없구나 싶습니다.

　눈을 감을 때는 아내와의 즐거웠던 추억이 담긴 사진 몇 장만 있으면 충분할 테니까요.

2장

남자, 혼자 사는 법을 배우기 시작하다

누구에게나 '당신이 필요해요'라는
사인이 필요하다

1년이 지나자 언제까지고 추억에 잠겨 있을 수만은 없었습니다. 많은 분들의 관심도 서서히 줄어들다가 이내 사라져갔습니다. 이전과 마찬가지로 기한 내에 일을 척척 처리해야만 했지요.

아내를 잃었다고 집에 틀어박히지 말고 어쨌거나 일을 부탁받으면 수락해서 집 밖으로 나가라고 친구가 조언했습니다. 그 말도 맞다 싶어 이것저것 수락했더니 바쁜 주에는 일주일에 하루나 이틀밖에 집에 있지 못하고 늘 어딘가로 가 호텔 생활을 할 때가 많았습니다.

일하고 있을 때는 기분이 우울해질 여유가 없습니다. 문제는 주말 동안 아무것도 하지 않고 집에 있을 때지요. 혼자서 누구와도 이야기하지 않고 집에 있으면 기분이 가라앉아 우울해집니다.

아내의 마지막 편지를 몇 번이고 반복해서 읽었습니다. 거기에 적힌 '당신의 사명을 완수하세요'라는 아내의 메시지에 대해 곰곰이 생각했지요. 내가 완수해야 할 사명이 무엇인지 고민하곤 하지만, 무엇을 한들 완수했을 때의 즐거움이나 감동을 더 이상 아내와 나눌 수 없다고 생각하면 아무것도 하고 싶지 않습니다.

현역이 아니므로 '이 정도면 인생에서 완수해야 할 것은 충분히 했지 않나. 이 이상 하지 않아도 괜찮을 텐데' 하는 목소리가 마음속에서 들려옵니다. 그런데 또 한쪽에서는 '뭔가 남아 있지 않은가?' 하는 소리도 들려옵니다. 이런 말과 생각 사이를 그날그날의 기분이나 감정에 따라 진자처럼 크게 왔다 갔다 하고 있습니다.

혼자라는 고독감을 강하게 느끼면 우울 상태가 됩니다. 그와 반대로 보람차게 하루 일을 마치고 나면 아직은 사회에 도움이 되는구나 하는 일종의 흥분 상태가 되지요. 이처럼 들뜸과 우울 사이에서 마음이 흔들립니다. 아내가 죽고 한동안은 우울 상태였으나 이내 이렇게 있어서는 안 되겠다 싶어 열심히 살고자 노력했습니다. 그러나 1년 반이 지나니 다양한 의미로 쓸쓸함이 무겁게 덮쳐와 우울 상태가 더욱 심각해졌습니다. 날마다 흔들리는 폭이 커지고 들뜸과 우울 사이의 거리가 갈수록 멀어져 우울해하는 시간이 더 늘어난 겁니다.

집 안에는 아내가 없습니다. 이는 내 하루, 혹은 일주일에 큐 사인을 보내줄 사람이 아무도 없다는 말입니다. 독신의 편안함, 자유의 몸이라고 말할 수 있을지도 모르겠군요.
고맙게도 일이 많이 들어와 분주하게 돌아다니고 있지만 현역 때와 결정적으로 다른 것이 있습니다. 일이 정기적이지 않다는 겁니다. 일흔을 넘기면서 체력적으로도 상당히 약해졌습니다. 특히 아내를 잃고부터 일종의 의욕이란 것이 사라진 모양인지 움직임이 크게 둔해졌지요. 스스로 몸을 일으키는 일이 참으로 어려워졌습니다. 머리로는

'이래서는 안 된다. 당장 움직여야 하는데' 생각하지만 몸이 무거워 마음속의 악마가 '내일 해도 되잖나' 하고 속삭입니다.

늙은이를 움직이게 하려면 '당신이 필요해요' 하는 외부의 큐 사인을 받아야 함을 느꼈습니다. 그러기 위해서라도 도움을 줄 만한 주변인들, 특히 자신을 잘 이끌어줄 사람을 만나는 게 중요합니다.

산다는 건 사소한 일을
하나하나 해결해가는 과정

1년을 혼자 생활해보니 집 관리와 관련해서도 여러 가지 일이 보이더군요. 집 자체의 보수나 유지 같은 큰 것부터, 마당이나 식목 관리로 시작해 작은 부분으로는 화장실 휴지 보충까지, 다양한 일에 신경을 쏟아야만 합니다.

전에는 모두 아내가 해줬던 일이지요. 편하게 생활하며 그걸 당연시했는데 직접 모든 것을 관리하고 보니 지금껏 전혀 깨닫지 못했던 일이 많았습니다.

정신적으로 돌볼 여유도 없었고 작년에 매우 덥고 비가 적었던 탓인지, 마당의 초목이 갈수록 시들해졌습니다. 아내가 좋아해서 심은 미모사는 2층 높이까지 성장해 예쁜 노란 꽃을 피워 즐겁게 해줬는데, 아내가 떠나자 돌연 위쪽 반이 시들고 말았습니다. 지금은 높이가 예전의 반 정도밖에 안 되고 올해는 그 노란 꽃도 거의 피지 않네요.

마치 '내 일은 끝났다'고 말하는 듯이요.

잔디밭에도 잡초가 무성합니다. 집 안의 정리정돈으로 정신이 없어 도무지 마당 손질에까지 손길이 미치지 않습니다. 그러고 보니 비가 그친 후면 아내는 자주 마당에 나가 "비 그친 때가 풀 뽑기 가장 좋아요" 하며 잡초를 뽑았지요. 지금의 나는 그럴 여유가 전혀 없습니다. 집 안에 틀어박히면 여러 추억에 잠겨 우울한 기분이 들어서 아무것도 손에 잡히지 않았지요. 이래서는 안 되겠다 싶어 부탁받은 강연 일을 적극적으로 맡았더니 이번에는 집에 있는 시간이 적어져 집안일에 전혀 진척이 없습니다.

아내의 1주기를 기회로 정원사에게 연락을 취해 마당 손질을 받았는데 매일 물을 주거나 잡초를 뽑는 등의 작업을 하지 않으니 이전 같은 기세는 더는 나오지 않더군요. 언제까지 내가 이 집에 살 수 있을지는 모릅니다. 결국 나

저도 언젠가는 아내와의 추억이 가득한
이 집을 떠나
먼 여행을 가는 날이 오겠지요.

도 가까운 미래, 아내와 함께한 생활의 추억이 가득한 이 집을 떠나 먼 여행을 해야만 하겠지요. 쓸데없는 일이라는 걸 머리로는 알면서도 정원사에게 부탁해서 시들어버린 정원수를 바꿨습니다. 아내가 즐거워하던 활기찬 마당을 다시 한번 만들고 싶은 마음에서요.

한편 집 안에서도 다양한 일이 일어납니다. 정확히 1년이 지난 무렵부터 여기저기서 건전지가 다 닳더군요. 건전지로 움직이는 물건이 집 안에 꽤 많다는 걸 알고 놀랐습니다.

어느 날 시계가 멈췄습니다. 그래서 건전지를 교체했는데 2주 정도 지나니 또 다른 시계가 멈춥니다. 아무래도 1년에 한 번은 건전지를 교체해야만 하는 듯합니다. 덕분에 1년이 지나면 집 안의 건전지를 교체하는 작업을 해야 한다는 걸 알게 됐습니다.

아내가 해줬던 집을 관리하고 유지하는 일은 이처럼 사소한 것을 하나하나 해결해나가는 과정이겠지요.

마찬가지로 여러 장소에서 전구가 나가더군요. 아내가 건강하던 때에 일부는 LED 전구로 교체했는데, 오래된 백열전구나 형광등은 때때로 바꿔줘야 합니다. 전구를 가는 일은 크게 시간을 잡아먹지는 않지만 천장에 매달려 있는 전등의 전구를 교체하려면 접사다리를 꺼내야 합니다. 게다가 혼자서 작업하려니 제법 힘들었습니다. 늘 아내가 도와 밑에서 물건을 받아줬기에 접사다리에 한번 올라가면 도중에 내려오지 않고 끝까지 작업을 할 수 있었습니다. 그런데 혼자서 하려니 일일이 아래로 내려와야 하더군요.

집 자체의 관리도 보통 힘든 게 아닙니다.

10년 전쯤에 집 외벽의 도장을 새로 했었지요. 밖에서 보니 색조가 변해 슬슬 다시 도장을 해야 할 시기가 왔구나 싶습니다. 그런데 견적을 내보니 생각했던 금액과 현격한 차이가 나서 깜짝 놀랐습니다. 그래도 원래 그 정도 한다는 친구들의 말에 외벽 도장을 의뢰하고자 마음먹었는데 강연 등으로 외출이 잦아 공사를 의뢰해도 집에 있을 수가 없습니다.

정말이지 혼자서 생활하니 이런 일이 의외로 문제가 되네요.

사람이 죽음에 이르기까지
필요한 금액

일상생활 속에서 대략적으로라도 내 수입을 파악하고 그 범위 안에서 생활하도록 주의하고는 있었지만, 일상의 가계부 관리는 모두 아내에게 맡겼더랬지요. 아내가 없으니 매일, 매주, 매달의 가계부 관리가 얼마나 힘든지 깨달았습니다. '참 야무지게 잘해줬구나' 하는 게 솔직한 심정입니다. 죽기 전에 아내는 미리 대출 지불 등, 살림살이에 정기적으로 필요한 금액을 목록으로 만들어줬지요. 따라서 그 범위를 초과하지 않는 선에서만 생활하면 큰 문제는 없겠다 싶었습니다.

부모님의 마지막 순간을 지키긴 했지만, 그 이후의 절차는 부모님과 함께 살았던 남동생이 해줬던 터라 장례에 관한 경험이 전혀 없었습니다. 때문에 사람이 죽음에 이르기까지 필요한 금액이 얼마나 되는지, 상상이야 조금은 되지만 실질적으로는 전혀 몰랐습니다.

최종적으로 암 전이가 판명되고 반년이라는 시한부 선고를 받은 시점에서 새로운 추가 치료는 하지 않기로 결정했습니다. 그로부터 반년은 아내가 가고 싶어 했던 곳으로 둘이서 여행을 다녔지요. 아내에 대한 위로와 배려인 동시에 추억을 만들자는 마음이 컸습니다. 마지막이라는 생각에 가능한 호화로운 여행을 했습니다. 솔직히 이렇게 무리해도 되나 싶은 순간도 있었지만, 조금이라도 편하게 여행해서 가장 괴로웠던 시기에 나를 구원해준 아내에게 조금이나마 고마운 마음을 전하고 싶었던 것이지요.

마지막 약 두 달은 통증완화병동에 입원했었는데 그 이후의 장례 역시 내 고마움을 담아 아내에게 어울리겠다 싶은 최대한의 것을 해주고 싶었습니다. 그런 건 어떤 의미에서는 임시 지출이었지요. 실은 이 기간, 이렇게 생활해도 괜찮을까 하는 불안을 느끼긴 했지만 '후회하지 않기 위해서라도'라는 마음이 컸습니다.

아내의 상속과 관련된 행정적 처리까지 모두 마치고 임시적인 지출이 더는 나오지 않게 되고서야 비로소 일상생활 경비가 어느 정도인지 어렴풋이 보였습니다. 여기까지 이르는 데 솔직히 1년 이상 걸렸습니다.

마침내 혼자서 본격적으로 가계부를 관리해야만 하는 시점이 온 것이지요.

현금 자동입출금기에
농락당하다

    통장, 인감, 체크카드 등이 어디 있는지는 아내가 건강하던 동안에 알려줬습니다. 지금껏 나는 살아오며 현금 자동입출금기라는 걸 사용한 경험이 단 한 번도 없었습니다.

    그래서 아내에게 단계적으로 특훈을 받았지요.

    "우선은 통장정리를 하고 와요. 다음으로 ○○엔 출금해 와요. 다음은 입금하고 와요."

    그리고 마지막 특훈이 현금 자동입출금기를 이용한 송금이었습니다. 눈 딱 감고 한번 해보니 그렇게 어렵지 않더군요.

    그런데 아내의 지시로 연습하던 때와는 달리 막상 혼자

가 되어 은행에 가니 이것저것 배웠던 것과는 다른 상황이
발생했습니다.

예를 들어 통장정리를 하러 가니 평소의 표시가 안 뜨고
'창구로 오세요'라는 안내 문구가 나오더군요. 통장이 다
차서 새로운 통장으로 바꿔야 하는 모양입니다.

또 어떤 날은 송금이 안 되고 또다시 '창구로 오세요'가
표시됐습니다. 그제야 비로소 1회 송금 금액과 하루 합계
송금 금액에 한도가 있다는 사실을 배웠습니다. "한도액을
올려드릴까요?" 하고 직원이 물었지만 만일의 사고를 대
비해 그대로 두는 편이 좋겠다 싶었습니다. 그래서 통장과
인감을 사용해 송금하려는데 은행 직원이 친절하게 현금
자동입출금기를 이용해 송금하면 수수료가 싸다고 알려
주더군요.

아내가 모든 것을 해주던 때에는 수수료 같은 건 전혀
생각하지 않았습니다. 그다음부터는 송금받을 사람의 은
행에 따라 어느 은행 계좌로 송금하면 수수료가 싼지 등을
생각하게 됐습니다.

이렇게 차츰 특훈의 보람을 느끼며 현금 자동입출금기를 평정한 기분으로 다룰 수 있게 됐습니다. 하지만 아내의 특훈 프로그램에 없던 일이 일어났습니다. 우체국에서의 계좌이체입니다. 우체국에 가니 유초은행(일본 우정공사로부터 우편 저금 사업을 넘겨받아 설립된 은행-옮긴이)의 입출금은 타 은행의 현금 자동입출금기와 같은데, 계좌이체 방식이 조금 다르더군요. 사천에 기재한 송금용지를 은행 현금 자동입출금기에는 없는 투입구에 삽입해서 송금한다는 걸 간신히 이해했습니다.

부끄럽게도 일흔이라는 나이가 돼서야 처음으로 현금 자동입출금기를 사용할 수 있게 됐습니다.

집안일에는
머피의 법칙이 가득하다

관리라는 관점에서 한 가지 힘든 일이 더 있습니다.

언뜻 보기에는 참으로 별것 아닌데, 화장실 휴지나 티슈 등의 소모품 절약입니다. 한밤중에 이런 게 다 떨어지면 큰일입니다. 지금은 편의점이라는 편리한 상점이 있어서 한밤중에도 구할 수 있지만, 그래도 한겨울 추위 속에서는 옷을 갈아입고 나갈 마음이 안 들지요. 남은 수를 파악해 두고서 슈퍼나 홈센터(생활용품을 두루 갖춘 종합 점포-옮긴이) 에 나갈 때 미리 사서 보충해놓는 게 중요하다는 걸 배웠 습니다.

난방을 위한 석유 관리도 중요합니다. 아내가 살아 있을 때는 난로에 석유가 떨어지면 "석유가 없구려" 한마디만 하면 됐습니다. 그러면 아내는 아무리 추운 겨울날이래도 밖에 나가 석유를 채워 넣어줬습니다. 재고마저 다 떨어졌을 때만 아내의 지시로 내가 사러 나가면 됐지요. 그러나 혼자 생활하니 밖이 아무리 추워도 직접 채워 넣으러 나가야만 합니다. 안 그러면 집 안이 냉골이 되니까요. 그래서 마음먹고 밖에 나가 막상 보충하려고 보니 폴리에틸렌으로 만들어진 용기 속에 석유가 조금밖에 안 남아 있더군요. 그때 겨울철에는 몇 개의 폴리에틸렌 용기에 항상 석유를 가득 사다 놓아야 한다는 걸 배웠습니다. 따뜻한 한낮에 석유 용기를 가득 채워놓아야 합니다.

또한 용기에 가득 채워진 석유로 며칠을 쓸 수 있는지도 경험적으로 알게 됐으며, 들어 올리면 어느 정도 남았는지도 가늠할 수 있게 됐습니다. 아내가 건강했다면 평생 경험하지 않았을 일인지도 모릅니다.

연구실에서 젊은 제자에게 입이 마르도록 가르치던 것

이 있습니다. 그중 하나가 '시약이나 연구용 소모품의 재고 관리에 신경 쓰는 일이 연구 성공의 첫걸음'이라는 거였지요. '머피의 법칙'이라는 게 있습니다. 일어나지 않았으면 할 때 그 일이 꼭 일어난다는 법칙이지요. 예를 들어 평소에는 잘만 보이던 우산이 갑작스레 비가 내릴 때면 꼭 안 보입니다.

연구를 하려면 재고 소진이 가장 주의해야 할 문제입니다. 그렇다고 연구비가 무진장 있는 것도 아니니, 머피의 법칙이 작동되지 않도록 항상 필요한 최소 물품을 확보해 관리해두는 자세가 중요합니다. 대학 졸업 후 수십 년을 연구하면서 몸에 익은 재고 관리건만, 막상 집안일이 되니 전혀 파악이 안 돼 처음부터 배워야만 한다는 게 참 얄궂네요.

혼자 생활하니 집 관리 하나에도 그 무대 뒤에는 크고 작은 다양한 일이 있음을 알게 됐습니다. 여태 아내가 준비하고 정리해줬던 집에서 쾌적하게 생활하며 논문을 썼었음을 새삼 느꼈지요. 지금은 아직 건강하게 움직이며 일할 수 있지만 적당한 시기에 대담한 단샤리를 해서 다양한 의미에서 몸을 가볍게 해둘 필요가 있음을 통감하고 있습니다.

그를 위한 첫걸음으로 아파트로 이동해 집 관리라는 작업을 최소한으로 줄이는 것도 머지않아 필요하지 않을까 생각합니다.

시행착오 끝에 터득한
청소기 사용법

식사 문제를 어느 정도 해결하고 난 후에는 세탁한 청결한 옷을 입고 외출할 수 있게 됐지만, 방 청소까지는 좀처럼 손길이 미치지 않았습니다.

가장 큰 이유는 아내가 마지막에 입원했던 병원에서 들고 온 짐을 풀 마음이 좀체 들지 않았고, 또 감정적으로도 정리해 버릴 수가 없었기 때문입니다. 방 한구석에 짐이 든 봉투가 몇 개나 자리하고 있으니 청소가 진행이 안 됩니다. 식사나 세탁과 달리 방 안 구석에 먼지가 좀 있어도 신경 쓰지 않으면 생활은 할 수 있지요.

하지만 사십구재 등 아내를 만나러 손님이 올 수 있기에 맞이할 수 있을 정도로는 다소 청소를 해둬야 합니다.

부끄럽지만 나는 살면서 지금껏 한 번도 청소라는 걸 해본 적이 없었습니다. 어린 시절부터 어머니나 아내가 늘청소를 해줬지요. 이제 와서 직접 청소를 해야 되고 보니처음으로 떠오른 건 청소기였습니다. 아내를 따라 가전제품 매장에 청소기를 사러 갔던 적이 있었고 가장 최근에구입한 사이클론 청소기는 쓰레기나 먼지가 없어지면 램프가 꺼지더군요. 그 점을 아내가 마음에 들어 해 내게 자주 보이며 "이것 봐요, 램프가 꺼졌죠? 깨끗해졌다는 말이에요" 하고 자랑했었습니다. 그렇게 아내가 청소기를 돌리는 모습을 가끔 옆에서 지켜보던 적이 있습니다.

그래서 청소기를 꺼내 방 한가운데만이라도 대충 청소를 했습니다.

집에는 세 종류의 청소기가 있었습니다. 어떤 청소기가어떤 목적으로 사용됐는지는 전혀 모릅니다. 그래서 가장오래돼 보이는 청소기로 청소를 시작했지요. 그런데 어느정도 청소를 하니 흡입력이 극단적으로 나빠졌습니다. 빨아들인 쓰레기를 버려야 된다는 정도야 예상할 수 있었습니다. 여기저기 청소기를 만지며 안을 열어보니 종이팩이 있더군요. 그 속에 쓰레기가 차 있다는 것쯤은 나도 알고 있습니다.

그런데 이 종이팩에서 어떻게 쓰레기를 꺼낼지가 큰 문제였습니다. 먼저 거꾸로 뒤집어 쓰레기통에 넣으려 해봤지만 좀체 쓰레기가 나오지 않더군요. 그래서 나무젓가락을 들고 와 종이팩 속의 쓰레기를 끄집어내서 버렸습니다. 작업한 자리의 바닥은 종이와 쓰레기로 새하얘졌지요. 그 자리에 다시 청소기를 돌려야 했습니다.

청소하면 당연히 방이 깨끗해져야 하는데 다시 방이 더러워지는 게 도무지 이해가 안 갔습니다.

진료 때문에 병원에 갔을 때 미유키 선생에게 이 이야기를 하며 어떻게 해야 좋을지를 물었지요. "선생님은 그런 것도 모르네요! 재미있어라! 그 종이팩은 그대로 버리고 새것으로 갈아 끼우는 거예요"라는 말에 그제야 비로소 종이팩이 쓰고 버리는 것임을 알았습니다. 즉시 메일로 이 사건의 전말이 퍼지며 한동안 웃음거리로 화제가 됐습니다.

그런데 근처 가전제품 매장에 들러 종이팩을 달라고 하니 모델명과 모델번호를 묻더군요. 다시 집으로 돌아와 기껏 알아내서 갔더니 "그런 낡은 청소기 종이팩은 없습니다"라는 겁니다. 그러면서 "홈센터에서 팔고 있는 일반 종이팩으로 해보면 어떨까요?" 하더군요. 하지만 분명 아내가 여분을 사놨으리라 생각해 골방에 가서 찾아보니 역시나 나오더군요. 그런데 이게 또 큰일입니다.

가전 브랜드 전용 제품이 아니라 일반용이라 다양한 브랜드의 청소기에 사용할 수 있는 듯했지요. 봉투에 쓰인 사용법을 읽었지만 당최 이해가 안 되는 겁니다. 갈아 끼우는 방향이나 구부리는 위치가 브랜드별로 다른 듯합니다. 청소기에 맞춰가며 근 한 시간을 고생해 겨우 새로운 종이팩을 갈아 끼웠습니다. 전원을 켜니 제대로 쓰레기를 빨아들였고, 종이팩째로 버리면 방도 더러워지지 않는다는 걸 배웠습니다.

한편 사이클론형 청소기는 투명한 부분이 있어서 쓰레

기가 차는 모습을 확인할 수 있습니다. 당연히 나는 쓰레기로 가득해질 때까지 계속 빨아들이는 거라고만 생각했습니다. 그런데 의외로 금세 빨아들이기를 멈추는 겁니다. 자세히 보니 쓰레기를 모으는 부분 아래쪽에 눈금이 그려져 있더군요. 아무래도 그 부분까지 차면 쓰레기를 비우라는 표시인 듯합니다. 이 작업이 생각보다 귀찮고 사이클론형은 자주 쓰레기를 비우지 않으면 흡입력이 나빠진다는 사실을 알게 됐습니다.

그리고 실제로 청소를 해보니 코드가 꽤 방해되더군요. 청소를 하다가 코드를 콘센트에서 빼서 다른 장소의 콘센트에 바꿔 꽂아 청소를 계속하는 일은 의외로 성가십니다. 살짝 화가 치밀 때도 있어 흡입력 제일이라는 무선 청소기를 충동적으로 사러 나갔습니다. 흥미로운 물건이라 직접 구입해서 집에 돌아온 후 열심히 사용설명서를 읽었습니다. 무선 청소기의 최대 장점은 작은 면적을 바지런히 잽싸게 청소할 수 있다는 점입니다. 식탁 주변 같은 곳에 요긴합니다.

청소기를 돌려보니 이렇게나 많은 먼지와 쓰레기 속에

서 생활했었구나 싶어 무서워지더군요. 식기 선반이나 장식 선반 위에 청소기를 돌리니 엄청난 양의 먼지가 빨려 들어가네요. 더 흥미가 생겨 이곳저곳 청소기를 돌렸지만, 방 한구석은 물건들이 놓여 있어 좀처럼 못 돌리겠습니다. 방해가 되는 것을 일단 옮기고서 청소기를 돌려야 합니다. 이것이 또 귀찮습니다.

역시 방을 정리해서 불필요한 걸 모두 버리지 않는 한 과감한 청소는 할 수 없음을 깨달았습니다.

이처럼 일반적으로 집안일은 처음이 힘듭니다. 행동 시작을 가로막는 장애물을 극복하고서 방법과 비결을 알게 되면 그 이후부터는 아무 문제 없이 잘할 수 있는데, 일흔이 되어서야 집안일을 시작하니 청소기 돌리는 것 하나에도 이리 야단법석이네요.

설거지를 하며
아내의 거친 손을 떠올리다

쉬지 않고 식기를 씻다 보면 다른 식기나 수도꼭지 같은 곳에 부딪히는 일이 꼭 생깁니다. 정말이지 조심조심 천천히 작업하지 않으면 충돌을 피할 수 없습니다. 예전에는 좋아하는 식기나 커피잔이 이지러진 모습을 보면 '좀 조심히 다루면 좋겠구만' 하고 마음속으로 아내를 탓했는데, 직접 설거지를 해보니 피할 수 없는 일이라는 걸 알게 됐지요. 아내에게 사과하기엔 늦었지만, 비록 마음속으로 했던 투정이라 해도 도와주지도 않으면서 비판했던 게 미안합니다.

하기도자기를 굽는 분과 친하게 지냈을 때 그분께 이렇

게 말했던 적이 있습니다.

"흠집 나면 안 되니 일상에서는 사용하기 어렵겠네요."

그러자 바로 이런 대답이 돌아오더군요.

"하기도자기는 일상용 식기예요. 혹시 이가 빠지거나 깨지면 그건 그 하기도자기나 원래 흙이 갖고 있는 운명이에요. 신경 쓰지 말고 과감하게 매일 사용하세요. 그래야 하기도자기가 기뻐할 거예요."

식기라는 건 매일 사용해야 의미가 있으니 혹여 흠집이 나도 그건 그것대로 운명이라고 생각하게 된 이후로는 과감히 사용하고 있습니다. 장식을 위한 감상용 미술품이 아니라는 거죠. 그러자 정말로 마음이 편해졌습니다.

말은 그렇게 해도 남자가 매일 설거지를 해야 하고 보니 역시 깨지지 않는 식기가 유용하긴 하더군요. 새하얀 코렐 식기는 일단 어떤 색조의 요리에도 어울리고 가벼운 데다 무엇보다 깨지지 않는 게 매력입니다.

하지만 한편으로 진정 여유로운 식사를 담아낼 생각이라면 역시나 제대로 된 식기를 사용해야 한다고 봅니다.

아내는 요리의 색조나 모양에 따라 "저 식기 꺼내줘요" 하고 항상 부탁을 했었지요. 연어 소금구이도 예쁜 색의 좁고 가느다란 식기에 담아내니 하얗게 간 무와 조화롭게 어울려 정말 맛있어 보였습니다. 조금 더 요리 실력을 키워 영양공급만 하는 식사가 아니라 색감까지 즐길 수 있게 되기를 바라봅니다.

주방에는 식기세척기가 장착돼 있습니다. 한번은 이걸 사용하면 편하겠다 싶어 사용법을 배우고 전용 세제를 구입해 써봤지요. 설정하고서 전원만 켜면 확실히 아무것도 하지 않아도 되지만 사용설명서를 읽어보니 설정 전에 남은 음식물 등을 가볍게 물로 씻어내라고 적혀 있더군요. 혼자 먹은 후의 식기는 가볍게 물로 헹군 후 그 상태에서 손으로 설거지해도 충분합니다. 이렇게 하면 기기를 사용할 때보다 훨씬 일이 빨리 끝난다는 사실을 깨달았습니다. 그 이후로 식기세척기는 사용하지 않습니다.

다만 설거지를 하다 보니 점점 손이 거칠어지더군요. 낯가죽 못지않게 손 피부도 강하다고 생각했었는데 특히 겨울에는 손가락이 건조해서 까슬까슬합니다. 때로는 손거스러미가 일어난 것처럼 아플 때도 있습니다. 안과의로서 수술을 할 때는 정성 들여 손과 손가락을 닦아 소독합니다. 여태 괜찮았는데 설거지 좀 했다고 손가락이 이렇게 거칠어지리라고는 꿈에도 생각 못 했습니다. 아내가 왜 항상 핸드크림을 발랐는지 이제야 겨우 알았지요. 이제 나도 설거지를 끝내면 크림을 손가락에 바르는 습관이 생겼습니다.

한 가지 더 새로운 사실을 깨달았습니다. 젓가락은 소모품이더군요. 사용하다 보면 앞부분이 조금 파손됩니다. 적당한 시기에 새로운 젓가락으로 교체해야 하지요. 물론 일회용 나무젓가락이야 사용하고 바로 버리지만 일반 젓가락도 이따금 새로 바꿔줘야 한다는 사실을 배웠습니다.

혼자서 집안일을 하다 보니 여러 국면에서 새로운 사실을 발견해 신선한 기분이 드는 한편 식후 설거지 하나만 봐도, 식사 때마다 아내가 참 많은 고생을 해줬구나 싶어서 늦었지만 새삼 고마운 마음이 솟아났습니다.

'남자의 혼밥'에
도전하는 그날까지

텔레비전 뉴스에서 채소 가격이 급등하고 있다는 보도를 본 적이 있습니다. 항상 99엔이던 것이 최근에는 149엔으로 올랐다는 등의 이야기가 나오곤 했지만 그 의미를 도통 이해하지 못했습니다. 아내도 자주 "요즘 무가 비싸네" 하고 말했는데 나는 내심 '고작 10~20엔 차이구먼' 싶었지요.

그런데 직접 일주일에 두세 번 장을 보러 나가자 그 차이가 매우 크다는 것을 실감하며 아내의 반응을 이해하게 됐습니다. 남자는 보통 취미용품 가격에는 매우 민감합니다. 예를 들어 나는 카메라나 전자제품 가격에 민감해서 어떤 등급의 카메라가 어느 정도 가격인지 하는 식으로 대강 시세를 파악했었지요. 그러나 일상생활용품이나 청소용구의 가격 범위는 전혀 알지 못했습니다.

직접 구매해야 하는 처지가 되고 보니 티슈가 오늘은 싸다거나 하는 정보에 민감해지고 미네랄워터 등의 음료 가격도 세심하게 따지게 되더군요. 오히려 자릿수부터가 다른 취미용품과의 가격 차이가 실감 나서 여태 얼마나 낭비를 하고 있었는지 깨닫게 됐습니다. 뒤에서 가계 경제에 문제가 없도록 노력했을 아내가 새삼 고마웠습니다.

마지막으로 마요네즈나 올리브유 등 조미료 및 세제를 사면 계산대에서의 지불 금액이 평소보다 비싸집니다. '먹는 양만큼의 채소나 고기 같은 식료품만 샀을 때와 비교하면 오늘은 많이 사버렸군' 하고 반성하게 됩니다. 그래도 그런 것들이 없으면 조리를 할 수 없습니다. 이처럼 채소나 여러 물건의 가격을 알아가면서 의외로 비싸다는 것을 느끼기 시작했습니다. 늦게나마 마침내 1엔의 무게를 체감했다고도 할 수 있지요.

구조를 완전히 이해할 순 없지만 가끔 "상품권 나왔습니다" 하고 500엔짜리 상품권을 슈퍼마켓 계산대에서 건네받습니다. 의외로 이걸 기다리는 게 낙이 됐습니다. 백화점 지하 매장에서 반찬을 살 때 매장 직원이 "포인트가 이번 달 말로 소멸됩니다"라고 알려주더군요. 그때 처음으로 백화점에서는 카드로 쇼핑을 하면 포인트가 적립되고 그 점수만큼의 상품을 살 수 있다는 걸 배웠습니다.

언젠가 지하 식품매장에서는 1퍼센트가 적립되지만 넥타이 등을 파는 매장에서는 5퍼센트나 10퍼센트의 포인트가 적립된다는 것도 알게 됐습니다. 다시 말해 다른 매장에서는 신용카드나 현금으로 쇼핑을 하고 지하 식료품매장에서는 포인트를 사용하는 게 득이라는 걸 이해했지요. 이 일을 득의양양하게 미유키 선생에게 이야기하니 "참 빨리도 아셨네요. 그건 주부의 상식이에요"라며 가볍게 야단치더군요. 그래도 이것만으로도 조금은 집안일과 가계 관리에 훤해진 듯한 기분이 들었습니다.

지하 이외의 백화점 매장에서 물건을 살 때는 기본적으

사랑하는 사람이 맛있게 먹는 모습을 기대할 때
요리도 즐겁게 할 수 있습니다.

로 한 개가 기본 단위입니다. 넥타이 한 장, 손수건도 구두도 하나씩 살 수 있습니다. 그러나 지하의 신선식품 매장이나 슈퍼마켓에서는 대부분 한 묶음 단위로 판매를 합니다. 생선도 둘 내지 세 토막이 한 묶음이고, 당근 등의 채소도 몇 개를 한 묶음으로 판매합니다. 또한 양배추나 무는 반 개짜리를 판매하고 있지요. 그러나 어느 쪽이건 혼자서 한 번에 먹기에는 많은 양입니다. 채소 같은 건 많이 먹어도 건강에 좋으면 좋았지 나쁘지는 않을 거라는 생각으로 한 번에 양배추 반 개를 볶아 먹곤 했습니다. 그러자 양배추만으로 배가 불러버리더군요. 어쨌거나 한 종류의 채소나 고기를 사용하는 요리만 하게 되니 다양한 요리를 조금씩 먹을 수가 없었습니다.

이 문제는 길게 내다봤을 때 반드시 해결해야 한다 싶었습니다. 계속해서 이런 방식으로 먹다가는 식사가 점점 단순한 영양공급처럼 돼버립니다. 한 종류의 채소와 단백질, 거기에 밥이라는 조합으로 식사하는 즐거움을 느끼기는커녕 필요한 영양을 공급하고 있다는 느낌만 들었습니다. 비록 혼자 먹어도 각양각색으로 차린 풍부한 식사가 필요하다고 느끼기 시작했습니다. 그러려면 시간을 들여 충분한 준비를 해야만 합니다.

하지만 지금으로서는 그런 것들을 준비할 만큼의 여유가 시간적으로도 정신적으로도 없습니다. 밖에서 식사할 때나 반찬을 살 때 가능한 한 조금씩 여러 종류를 주문해 즐기는 수밖에요. 조리라는 행위는 누군가를 머릿속에 그리며 그 사람이 "맛있다" 하고 기뻐해 줄 모습을 기대할 때 즐겁게 할 수 있지요. 그러나 조리해서 바로 테이블에서 혼자 먹는다면 영양의 균형만 생각해두면 뭐든 상관없지 않나 싶어집니다.

또한 샐러드를 만들려고 해도 여러 종류의 채소를 조금씩 사용하긴 어렵습니다. 그래서 여러 채소가 혼합돼 있는 샐러드 팩이라는 것을 발견해 지금으로서는 애용하고 있습니다. 채소를 썩혀 버리지 않아도 될 만한 구매 방법을 서서히 익혀나가기 시작했습니다. 근처 슈퍼마켓 매장이나 늘 들르는 후쿠오카의 백화점 지하 매장을 제법 파악해서 어느 부근에 무엇이 놓여 있는지도 알게 됐습니다. 시간을 들여 돌아다니니 실로 다양한 음식이 놓여 있더군요. 매번 두부를 사는 두부가게의 직원과는 제법 친해졌습니다. 사지 않고 지나치려 하면 "주인양반, 오늘은 필요 없소?" 하며 말을 걸어옵니다.

앞으로는 하나하나 새로운 요리에 도전해볼까 합니다. 머지않아 '남자의 혼밥'이라고 자랑할 만한 것을 만들 수 있기를 꿈꾸고 있습니다.

계절의 변화에 맞춰
필요한 옷 정리

요리처럼 매일 하는 집안일과 청소처럼 주 단위로 하는 집안일과는 달리, 양복은 계절별로 1년 단위로 변화해나 갑니다. 혼자 생활하게 되니 봄 여름 가을 겨울의 사계절 을 거치고 나서야 비로소 옷 관리(옷 정리)가 하나의 큰 행 사임을 깨달았습니다.

겨울이 끝나고 봄이 오면 봄여름용 양복이 필요해집니 다. 어떤 양복이 봄여름용인지, 어디에 보관돼 있는지 집 안을 뒤져야 하지요. 업무에 입을 와이셔츠는 1년 내내 같 은 것이어도 괜찮지만, 그래도 여름용 반소매 셔츠가 필요 해지고 집 안에서 입을 색깔 셔츠나 폴로셔츠 등의 반소매도 찾아야 합니다. 분명 아내가 깔끔하게 정리해줬는데 그게 수납돼 있는 서랍을 발견해내기가 힘들었습니다. 그리고 무엇보다도 철 지난 겨울옷을 드라이클리닝 맡기고 다음 계절까지 정리해두지 않으면 안 됐지요.

양복 수납장이나 옷장은 다 처분하지 못한 죽은 아내의 옷으로 가득합니다. 정리정돈이 끝날 때까지의 임시방편으로, 과감히 파이프 양복걸이를 구입해 다다미방을 내 양복 수납방으로 삼았습니다. 거기에 클리닝이 다 된 겨울옷을 걸어두기로 했지요.

하지만 이런 것들을 의논하는 제자 에노 선생에게 이 이야기를 하니 드라이클리닝을 끝낸 양복을 싸고 있는 얇은 비닐 커버는 바로 벗겨야 한다는 것, 먼지 방지를 위한 다른 통기성 좋은 커버를 씌울 것, 방충제를 걸어둘 것 등을 지도해줬습니다. 확실히 마지막 2년 정도는 아내의 손길이 거기까지는 미치지 않았는지, 몇 벌의 양복에 좀먹은 흔적이 있었습니다. 그렇다면 어디서 어떤 것을 구입해야 좋을지가 또 문제지요.

홈센터에 가니 실로 다양한 종류의 방충제가 놓여 있더군요. 어떤 것을 사야 할지 몰라 아내가 사용했던 것과 같은 메이커의 방충제를 샀습니다. 100엔 가게에 들러 이번에는 양복 커버를 구입했습니다. 양복 커버의 세계도 다양해서 긴 것이라든가 상반신용이라든가 여러 종류가 있습니다. 물어가며 사가지고 와서 드라이클리닝이 끝난 겨울 옷에 일일이 커버를 씌우고 방충제를 넣는 작업을 했지요.

머플러는 분명 몇 개나 있었는데 도무지 보이질 않네요. 겨울 막바지에 이르러서야 한 서랍 안에 가지런히 정리된 머플러를 발견했습니다. 이제 다음 겨울에는 머플러로는 고생 안 해도 되겠다 싶어 마음이 놓였습니다.

지금은 매일 외출하지는 않아도 강연이나 회의로 일주일에 서너 번은 외출합니다.

그럴 때는 항상 와이셔츠를 입는데 사정상 세탁소에 맡기지 못할 때가 있습니다. 살짝 불안해져 추가로 와이셔츠를 주문해야겠다 싶었지요. 그런데 다른 걸 정리하면서 서랍장을 열어나가니 백화점에서 가져온 그대로 뜯지도 않은 새 와이셔츠가 몇 개나 나오더군요. 그러고 보니 무슨 이유에선지 아내는 중요한 강연이 있을 때면 항상 새로운 와이셔츠를 꺼내줬습니다. 아내가 지닌 미학의 일환일지도 모릅니다. 새삼 이런 부분까지 신경을 써줬구나 싶어 감격했지요.

그래서 나 자신의 단샤리를 하려면 새로운 것을 구입하지 않고 먼저 집 안을 수색한 다음 없는 것만 새로 구입해야 한다는 대원칙을 배웠습니다. 기본적으로는 반드시 어딘가에 있다고 믿고서 찾는 겁니다. 없을 거라는 생각으로 찾으면 결코 못 찾습니다. 16년 반이라는 세월 동안 함께 살며 필요한 것은 아내가 거의 구입해 보관해뒀노라 믿는 마음이 중요합니다.

아무리 애를 써 봐도
다림질은 어려워

세탁에서는 그 과정이 모두 끝난 속옷가지를 어디에 보관할지도 꽤 중요합니다. 지금까지는 목욕하고 나오면 탈의실에 갓 빤 속옷과 잠옷이 놓여 있었지요. 외출할 때면 와이셔츠, 양말, 손수건까지 아내가 준비해서 챙겨줬기에 어디에 보관돼 있고 어떻게 꺼내주는지 전혀 신경 쓰지 않았습니다.

아내의 동선은 생각하지 않았습니다. 하지만 직접 모든 것을 하다 보니 이 동선이라는 게 꽤 큰 요소라는 걸 알게 됐습니다. 미유키 선생의 아이디어로 속옷은 욕실 겸 탈의실에 보관하기로 했습니다. 목욕한 이후의 동선이 아주 짧

아져 편리했지요. 한편 양말이나 손수건 같은 건 옷방이 돼버린 다다미방에 와이셔츠, 넥타이 등과 함께 보관하기로 했습니다.

세탁을 일주일에 한 번 하니 원칙적으로 매일 갈아입는 속옷이나 양말은 일정 수량을 갖춰둘 필요가 있더군요. 가끔 학회 등으로 일주일 이상 여행에 나설 때도 있기 때문에 최소 열 벌 정도는 준비해둬야 합니다. 그렇다고 어쩌다 있는 출장 때문에 여러 벌을 갖추면 이번에는 보관할 장소가 마땅찮아집니다. 1년을 혼자 생활해보니 대강의 내 생활 패턴이 파악되더군요. 열 벌의 속옷과 양말이면 평상시에는 충분합니다. 거기에 더해 새로 구매한 속옷가지 열 벌 정도를 만일을 대비해 포장된 채로 서랍에 보관해두니 마음이 편안해졌습니다. 속옷도 다림질해서 말끔하게 해두는 게 이상적이긴 하지만 남자 혼자 사는데 세탁해서 널고 말려서 개두는 것으로 충분하다고 그럭저럭 스스로와 타협했습니다.

그런데 문제는 손수건입니다. 이것만큼은 널어 말리는 것만으로는 도무지 말끔해지지 않습니다. 어떻게든 다림질을 해서 깔끔하게 접어놓은 손수건을 주머니에 넣고 싶더군요. 다행히 아내가 다림질해뒀던 손수건이 비교적 많이 보관돼 있어서 한동안은 여유가 있었습니다. 하지만 그것도 끝이 있기 마련이지요. 다림질이라고는 생전 해본 적도 없는 데다 혹시 화상을 입거나 천을 태워 먹지는 않을지, 일어날 리 없는 일에 대한 불안만 가득했습니다. 바지는 세탁소에 맡기면 깔끔하게 다림질된 상태로 돌아오지만 그렇다고 손수건을 맡길 수야 없는 노릇이지요.

어린 시절 어머니가 하던 모습을 떠올리며 먼저 분무기를 사야겠다 싶어 미유키 선생에게 의논하니 "요즘 다리미는 스팀이 나오니까 분무기 같은 건 필요 없어요" 하고 일축했습니다. 다림질 방법을 전수받아 큰마음 먹고 어느 일요일에 시도해봤습니다. 그런데 일단 시작하니 반듯해져 가는 모습이 즐겁더군요. 더욱더 정확하게 각을 맞춰 다림질에 열을 올리게 됐습니다. 천성인지도 모르겠지만 그렇게 하니 시간이 엄청나게 걸리더군요. 손수건 서른 장 정도를 다림질하는 데 두 시간도 넘게 걸리고 말았네요. 이제는 이 시간이 트라우마가 돼서 손수건 다림질은 두세 시간이 비어 있을 때 외에는 못한다고 생각하게 됐습니다.

　어느 날 회의가 있어서 오사카에 갔는데 시간 여유가 조금 있어서 백화점에 들러 손수건 열 장을 샀습니다. 이게 습관이 돼 다림질한 손수건이 없어지면 새로 구매하는 버릇이 생기고 말았습니다. 덕분에 세탁을 끝낸, 아직 다림질을 하지 않은 손수건이 서랍에 한가득입니다. 조만간 훨씬 간단하게 다림질을 해서 이제 더는 새로 사지 않도록 해야겠다고 생각하고는 있습니다.

3장

살기 위해 먹어야만 하는
현실이 슬프지만

우리는 모두
언젠가는 죽는다

사람은 음력 초하루의 썰물 때 명이 끊어진다고들 합니다. 아내는 정확히 생일을 지난 며칠 후 음력 초하룻날 썰물 시각에 숨을 거뒀습니다.

마지막 숨을 내쉬는 순간 심전도가 수평이 되고 주치의 선생이 사망 선고를 내렸습니다. 손을 잡으니 서서히 차가워지더군요. 아주 잠깐 동안 병실에서 감상에 젖었습니다.

아내는 안과의로서의 마지막 책무로서 안구를 안구은행에 제공하고자 했습니다. 사전에 주치의 선생을 통해 안구기증 의향을 안구은행 관계자에게 전해놓은 터라 밤늦

은 시간인데도 안구기증이 원활하게 진행됐습니다. 안구
은행 담당의가 와서 안구기증을 끝낸 후에는 굉장히 빠른
속도로 유해를 장례식장으로 운구했습니다. 병실의 짐은
모두 정리해 차에 실었지요. 이 단계는 정말로 기계적으로
실행됐기에 현실적으로 슬퍼할 여유가 없었습니다.

장례식장을 어디로 할지는 이미 정해놨고 오늘내일이
될지도 모르겠다고 미리 말해둔 터였습니다. 장례식장의
한 방에 유해를 안치하고 둘만 있게 돼서야 비로소 더는 목
소리를 들을 수 없고 이야기를 나눌 수도 없다는 실감이 들
기 시작했습니다. 아내의 유해와 둘이서 함께하는 마지막
시간. 지금까지의 인생을 돌아보며 하룻밤을 보냈습니다.
살아 있는 건 다 죽습니다. 그 이치를 받아들이려 했지만
돌아올지도 모른다는 마음이 아직 강하게 남아 있었지요.
"왜 먼저 떠났소?"
"돌아와도 돼요."
유해를 향해 말을 걸면서도 마음속으로는 여전히 아내
의 죽음을 완전히 받아들이지 못했습니다.

처음 만났을 때의 모습, 내 인생에서 정신적으로도 경제적으로도 가장 괴롭고 힘든 시기를 도와줬던 일, 언제고 "해봐요"라는 한마디로 등을 밀어줬던 일, 둘이서 떠났던 많은 여행 등 끝없는 추억을 마음에 떠올리면서, 그저 넋을 달랬습니다. 아내를 만나지 않았더라면 이만큼 열매 있는 인생의 수확기를 보낼 수 없었을 테니, 마음 한가득 고마움이 차올랐습니다.

하지만 현실이 눈앞에 있습니다. 장의사와 장례절차를 정해야 했지요. 장례식을 요란스럽게 하고 싶지는 않았지만 마지막으로 떠나보내는 의식이니 아내에 대한 최대한의 감사와 경의로 내가 할 수 있는 모든 것을 해주고 싶었습니다. 어느 스님에게 부탁을 드릴지, 어떻게 식을 치러야 할지를 장의사분들과 의논해야만 했지요. 장의사의 질문에 대답을 해가며, 당연히 비용도 연관되니 스스로 판단을 하면서 하나하나 해결해나가야 했습니다. 장례식 집행이 이리도 힘들고 이렇게나 많은 사항을 결정해야 하는 일임을 몸소 체험했습니다.

살아 있는 건 다 죽습니다.
오늘도 그 이치를 받아들이려
애써 봅니다.

그래도 이런저런 것을 결정하느라 슬픔에 잠길 시간이 줄어들었으니 어떤 의미에서는 도움이 됐는지도 모릅니다.

"남은 데루오를 잘 부탁해요." 아내의 마지막 부탁을 받은 미유키 선생은 친여동생처럼 줄곧 옆에서 "선생님, 제일 큰 홀로 하세요"와 같이, 나 혼자서는 판단할 수 없는 부분을 여러모로 제시해줬습니다. 어느 정도 범위의 사람들에게 아내의 부고를 전해야 할지 판단하는 것도 중요합니다. 다행히 오시마안과병원의 사무직원이 사전에 준비를 해준 덕분에 대부분의 연락은 원활하게 진행됐습니다. 스님에게 연락하는 일 등은 장의사분들이 진행해주어 내가 한 일이라고는 받은 질문을 확인해 결정하는 것뿐이었습니다. 그래도 미유키 선생의 도움이나 장의사의 도움이 없었다면 분명 슬픔에 잠겨 감상적이 돼서 아무것도 진행하지 못했을 겁니다. 어딘가에서 사무적으로 일을 진행해주는 분의 중요성을 느꼈습니다.

거기에다 조전, 헌화 등의 정리며 장례식 접수 사무까지, 정말로 많은 일들이 기다리고 있더군요. 신세를 지고 있는 오시마안과병원 사무장의 적확한 지휘로 많은 간호사와 사무직원이 도와 정말로 순조롭게 준비며 당일 접수 등의 작업을 척척 처리해줬습니다. 장의사분들만이 아니라 그 외에도 많은 분들의 도움이 필요함을 알게 됐지요.

장례는 쓰야(밤을 새며 죽은 이의 영혼을 위로하는 의식-옮긴이)와 다음 날 고별식이 이어지는 흐름으로 진행됐습니다. 조금이라도 느긋한 마음으로 죽은 아내와 이야기를 나눌 수 있었던 건 임종 당일 밤뿐이었습니다. 그래도 그 덕분에 무사히 장례를 치를 수 있었는지도 모릅니다. 일일이 감상에 젖어서는 장례절차를 한 발짝도 진행하지 못했을 겁니다.

인생의 다양한 국면을 맞닥뜨릴 때마다 의식이 행해지는데, 어떤 의미로 그 중요함을 느꼈습니다. 많은 분이 도와준 덕분에 완벽한 장례를 치를 수 있었습니다. 멀리서도 기꺼이 찾아와 줬고 장례식장에 다 들이지 못할 만큼 꽃도 많이 받았습니다. 줄곧 내 버팀목이 돼줬던 아내에게 어울리는 장례를 치러줄 수 있었습니다. '내가 먼저 갔다면 이

것이 내 장례겠구나' 하는 생각이 문득 들었습니다. 줄곧 내게 맞춰주던 아내가 마지막에 응석을 부려 내 장례를 빼앗아갔나 봅니다.

혼자 남겨진 내 장례는 그냥 내버려둬도 충분하다고 생각하고 있습니다.

살기 위해서는
뭐든 먹어야만 하니까

배우자를 떠나보내는 일은 인생에서 가장 큰 스트레스라고 합니다.

나도 참으로 맥을 못 췄습니다. 석 달 정도는 식욕도 없고 매일 그저 멍하니 있을 뿐이었지요. 그리도 안 빠지던 살인데 체중이 8킬로그램이나 줄더군요.

그래서 처음에는 살기 위해 뭐든 먹어야만 한다는 마음으로 식사를 만들기 시작했습니다. 빈속만 채우려는, 이른바 영양공급이 목적이었지요. 무엇보다 아내를 떠나보낸 슬픔이 무겁게 나를 덮쳤기에 식사가 맛있는지 어떤지는 중요한 문제가 아니었습니다. 아무튼 공복만 피하면 된다는 생각이었습니다.

이 같은 생활을 한동안 했는데 49일이 지난 무렵부터 이런 식생활을 해서는 안 되겠다는 생각이 들기 시작했습니다. 언제까지고 슬퍼만 하고 있을 수는 없을뿐더러 일이며 아직 남아 있는 의학자 및 안과의로서의 내 사명을 완수하기 위해서라도 제대로 된 식사를 해야만 한다고 생각하기 시작한 겁니다.

아침 식사는 간단하게 해결한다 해도 점심과 저녁을 어떻게 할지가 첫 번째 큰 과제였습니다. 호화롭지 않으면서 좋은, 스스로 즐길 수 있을 만한 요리를 만들어보자는 마음이 솟았지요. 집 근처에는 간단하게 요기하러 갈 만한 음식점이 없어서 편의점에서 도시락을 사지 않는 한 직접 조리하거나 슈퍼마켓 및 백화점 지하 식품매장에서 반찬을 사 오는 수밖에 없습니다.

직접 다양한 식료품이며 일용품을 구입하기 시작했습니다. 일주일에 한두 번, 근처 슈퍼마켓에 가서 채소와 생선 및 고기를 사기로 했지요. 장 보러 나서는 아내를 따라 슈퍼마켓에 가서 아내 뒤에서 카트를 민 적이야 있지만 생채소나 고기며 생선을 직접 골라 산 적은 없습니다.

정작 슈퍼마켓에 가서 제일 먼저 당황한 건 고기건 생선이건 종류가 너무 다양해서입니다. 소고기, 돼지고기, 닭고기를 구별할 줄이야 알고 다진 고기도 알고는 있었지만, 도대체 무엇을 사야 좋을지 어리둥절했습니다. 스테이크용, 구이용, 생강 구이용, 카레용, 스튜용 등 조리법별로 구분돼 있더군요. 더구나 소고기나 닭고기는 부위별로 판매하고 있었습니다. 닭고기의 윗다리가 맛있는지, 가슴살이 맛있는지 혹은 안심살이 좋은지 전혀 알 수가 없었습니다. 몇 번의 실패 후 지금은 조리법에 따라 적당한 부위가 있음을 잘 알게 됐습니다.

생선도 마찬가지입니다. 술집에서는 각 생선에 가장 잘 어울리는 조리법을 선택해서 메뉴로 선보이고 있기 때문에 그냥 구이냐 조림이냐 정도를 선택할 뿐입니다. 하지만 직접 슈퍼마켓에서 생선을 살 때는 어떤 종류의 생선이 제철이고, 그 생선을 소금구이로 하는지 조림으로 하는지 하는 분별력이 없습니다. 아내가 만들어주던 지금까지의 다양한 요리를 떠올리며 대략 구입하는 수밖에요.

어느 날 새우가 먹고 싶어서 때마침 껍질이 까져 있는 베트남산 새우가 있기에 편리하겠다 싶어서 샀습니다. 향신료를 듬뿍 뿌려 버터에 구웠지요. 나는 아주 맛있게 먹었는데 이 얘기를 미유키 선생에게 하니 "새우는 껍질 부분이 진미라서 껍질째 조리한 다음 먹기 직전에 껍질을 벗겨야 해요"라고 알려주더군요. 그렇지만 혼자 조리하고 완성되자마자 입으로 가져가는 생활을 하다 보면 식탁에서 껍질 까기가 귀찮아서 무심결에 껍질 까진 새우를 구입하게 됩니다. 새우도 게도 아내는 전부 살만 발라내 그저 입으로 가져가기만 하면 되도록 준비해줬습니다. 참 많이 나를 아껴줬음을 사무치게 깨달았습니다.

내가 할 수 있는 조리법은 제한돼 있어서 결국 메뉴도 한정적입니다. 일주일에 한 번은 진료하러 후쿠오카시로 나가니 아직 내가 요리할 수 없는 돈가스나 크로켓 등 튀김류나 여러 종류의 채소가 들어 있는 샐러드 같은 반찬은 백화점 지하 식품매장에서 살 수 있다고 스스로에게 허락

했습니다.

다만 요리를 할 때 채소를 1인분만 구매할 수 없다는 게 참 고역이더군요. 아무리 적어도 양배추 반 개나 무 반 개는 사야 합니다.

다양한 식재료가 조금씩 들어가는 요리를 만들려고 하면 여러 종류의 채소가 필요한데 대부분 남아서 썩기 일쑤입니다. 때문에 어쩔 수 없이 한 종류의 채소를 많이 한 번에 먹을 수밖에 없습니다. 최근에는 채소를 냉장고 채소칸에 어떻게 보관해야 할지 조금 알게 됐지만요.

남자, 처음 세탁기를
사용하다

음식 마련과 함께 세탁 또한 결코 피할 수 없는 매일의 문제입니다. 혼자 생활하는 데 있어 적어도 청결한 복장을 유지하는 건 중요합니다. 아내가 먼저 떠났다고 해서 지저분한 옷이나 다림질 안 돼 있는 바지를 입었다가는 생전 그렇게 신경을 써줬던 아내를 볼 면목이 없겠지요.

"멋지게, 즐겁게 살아요."

마지막 말이 된 이 말을 실천하기 위해서라도 말끔한 복장으로 생활하는 게 중요하다고 생각했지요.

세탁은 기본적으로는 세탁기가 해준다고 쉽게 생각했었습니다. 하지만 대단한 착각이었지요. 실로 여러모로 공부가 필요하더군요. 우선 집에서 세탁할 것과 세탁소에 맡길 것을 구별해야 합니다. 양복이나 와이셔츠는 세탁소에 맡기는 옷이라는 걸 금방 알 수 있지만 시트나 이불 그리고 커튼 같은 건 어떻게 해야 할지 판단이 어려워 괴롭습니다. 직접 세탁한다고 해도 매일매일 세탁할 시간이 없습니다. 어느 정도 간격으로 세탁해야 좋을지 알게 되기까지 시행착오의 연속이었지요.

우선 처음에는 세탁기의 사용법을 배워야 했습니다. 버튼이 여러 개라서 어느 것을 누르면 어떤 일이 일어나는지를 이해해야 했지요. 세탁, 헹굼, 탈수, 건조를 하나의 기계가 모두 해주지만 속옷, 양말, 손수건 그리고 수건처럼 적어도 매일같이 나오는 세탁물은 각각 어떻게 처리해야 하는지 공부를 해야 합니다. 아내에게 집안일을 훈련받을 때 세 종류의 액체를 적합한 순서로 넣고서 전원을 켠다는 사실을 배웠습니다. 이게 큰 도움이 됐습니다. 최소한 세탁기를 작동시킬 수는 있었으니까요.

하지만 세탁기에서 꺼내 말린 속옷이나 수건이 부드럽

지 않고 빳빳했습니다. 건조를 너무 많이 해도 안 된다는 걸 알게 됐습니다. 또한 게으름을 피워 세탁이 끝난 후 바로 말리지 않고 젖은 채로 놔두면 쉰내가 나서 다시 세탁해야 된다는 것도 배웠습니다.

아내가 알려준 세제를 다 쓰면 다음에 뭘 구입해야 좋을지 모르겠더군요. 평소대로 직장에 있는 여성분들에게 이것저것 질문해서 사용하던 세 종류의 액체가 각각 세제, 표백제, 유연제라는 걸 배웠습니다. 그 덕에 간신히 다시 채워놓을 수 있었지요. 하지만 텔레비전 광고에 나오는 세제 중에 어떤 게 좋은지 판단이 안 서서 알려준 그대로 똑같은 브랜드 상품을 샀습니다.

전자동 세탁기라고는 하지만 아무래도 비결이 따로 있는 듯합니다. 먼저 세제를 넣고 세탁, 헹굼과 탈수만 합니다. 그 단계에서 한 번 뚜껑을 열어 망에 넣은 양말과 손수건을 꺼냅니다. 그런 다음 다시 한 번 스위치를 켜 건조 단계로 들어갑니다. 일단 끝나면 건조 상태에 따라 다시 한 번 건조 단계로 들어가는 것도 괜찮은 듯합니다. 그러나 세탁기 앞에서 멍하니 기다리고 있을 수만은 없으니 그럴 때는 키친타이머가 효과적입니다. 그동안에는 다른 집안일에 몰두할 수 있습니다.

이처럼 세탁이라는 행위를 소화하기까지 상당한 에너지와 지식이 필요했습니다. 그래도 강연이나 회의 때문에 외출하는 일이 잦은 주말 같은 때에는 세탁물이 금방 쌓여서 남은 여벌의 속옷이나 양말 수를 세거나 황급히 추가로 구입하기 위해 백화점에 달려가야만 했습니다.

세탁물은 기본적으로 매일 나옵니다. 매일 갈아입는 속옷, 양말이나 수건, 거기다 외출을 하면 와이셔츠도 세탁해야 하지요. 그 외에도 목욕용 대형 타월이나 주방 및 욕실에 걸려 있는 수건, 잠옷 등 매일은 아니어도 계속 세탁해줘야 합니다. 혼자인데도 그 양이 상당합니다. 세탁기로 돌릴 것과 세탁소에 맡길 것을 구분해서 벗자마자 상자에 담고 있습니다. 한 사람 분량은 일주일에 한 번 세탁기를 돌리면 정리가 되는데 그걸 알기까지 꽤 많은 시간이 걸렸습니다.

전자레인지와
오븐토스터 사용법

최근 1년 동안 주방에서 매일 대활약을 해준 가전제품은 전자레인지와 오븐토스터입니다.

다양한 음식을 데우는 데 전자레인지는 필수지요. 사실 나는 밥을 거의 하지 않습니다. 먼저 쌀 씻기가 귀찮고, 밥솥으로 1인분을 하면 맛이 없다는 것, 밥이 맛있게 되면 무의식중에 더 먹어 과식한다는 것, 남겨서 냉동 보관하는 기술을 아직 완전하게 파악하지 못했다는 것 등의 몇 가지 이유에서입니다. 다행히 슈퍼마켓에서 한 끼분의 밥을 판매하고 있어서 전자레인지로 데우기만 하면 2분 이내로 완성됩니다.

밥의 결점은 너무 맛있다는 겁니다. 매실절임, 다시마조림이나 명란젓 같은 밥도둑 하나만 있으면 몇 공기라도 아주 맛있게 먹을 수 있습니다. 더군다나 배가 불러 밥만으로 만족하게 됩니다. 당뇨병이니 당질을 지나치게 섭취하지 말라는 주치의의 주의가 없었다면 흰 쌀밥만으로 충분히 저녁 식사를 할 수 있었을 겁니다.

물론 빵도 맛있지만 밥을 먹었을 때와 같은 만족감은 얻을 수 없습니다. 따라서 혼자 살 때 가장 주의해야 할 점은 밥이라고 생각합니다.

아내가 차려주던 때에는 "오늘 밤은 밥과 매실절임뿐이에요" 하는 날이 하루도 없었습니다. 항상 이것저것 반찬이 준비돼 있었지요. 그런데 혼자서 먹으니 특히 피곤한 날에는 조리 자체가 정말이지 성가신데, 그럴 때 흰 쌀밥과 매실절임으로 차린 저녁밥(?)의 유혹은 절대적입니다. 1인분씩 팩으로 포장된 밥을 전자레인지로 데워 먹으면 양을 조절할 수 있다는 점에서도 굉장한 것 같습니다.

전자레인지를 사용할 때 랩을 씌울지 말지도 판단할 수 있게 됐습니다. 볶음밥이나 튀김처럼 고들고들하거나 바삭바삭하게 하고 싶으면 아무것도 씌우지 않고 전자레인지에 넣으면 됩니다. 한편 카레나 국물을 데울 때나 사오마이(밀가루 반죽에 다진 돼지고기를 넣고 꽃 모양으로 빚어 쪄낸 중화요리로 딤섬의 일종-옮긴이)를 데울 때는 랩 씌우기가 필수지요. 살짝 적신 키친타월을 덮어서 딱 알맞게 찌는 기술도 익혔습니다.

전자제품 가게에 들르니 전자레인지 판매대에서는 그저 데우는 기본적인 기능 외에도 굽기 등 다양한 조리 기능이 있다고 홍보하고 있더군요. 그러나 지금 나는 시작 버튼과 시간 버튼만 조작하고 있을 뿐입니다. 그 외에도 다양한 버튼이 있지만 데우는 도구로만 사용하고 있는 게지요. 안타까운 일입니다. 조금만 더 요리 솜씨를 키워서 기필코 매뉴얼을 꼼꼼하게 읽어 전자레인지의 다양한 기능을 다룰 수 있게 되면 좋겠다는 생각이야 하지만 좀처럼 쉽지가 않네요.

한편 오븐토스터는 구조가 간단해서 금방 사용할 수 있었습니다. 처음에는 빵만 구웠는데 어느 날 한 제자가 집

에서 떡을 했다며 보내줬습니다. 직화가 아닌 인덕션으로
는 어떻게 구워야 좋을지 모르겠더군요. 그래서 오븐토스
터로 구워보자 도전했지요. 밖에서 쳐다보고 있으니 어린
시절 화로에서 어머니가 구워주던 때처럼 떡이 불룩하게
부풀어 올라 표면이 노르스름하니 옅은 갈색이 됐습니다.
어쩐지 즐거운 기분이 들었지요. 분해해서 청소하는 기술
도 익혔습니다. 단순한 구조의 오픈토스터는 다루기 쉬워
재미있네요.

　아내와 함께 장을 보러 슈퍼마켓에 자주 갔었습니다. 당
시에는 싱싱한 식료품을 사기 위해서였는데, 최근에는 주
방용품이나 청소용품이 진열된 코너를 탐색하고 있습니
다. 새로 발견한 게 있는데 프라이팬용 포일입니다. 일반
포일과 달리 표면에 코팅이 돼 있는지 구이 요리를 할 때
아주 요긴합니다. 이게 아주 훌륭해서 프라이팬이나 일반
오븐토스터로도 생선을 구울 수 있습니다. 무엇보다도 요
리가 끝나면 그대로 휙 버리면 그만이라서 뒤처리 관점에
서 보자면 만점입니다.

프라이팬용 포일은 오븐토스터에서 대활약 중인데, 그 외에도 예를 들면 프라이팬으로 생강구이를 할 때도 아래에 깔아둡니다. 가장 큰 이점이 있다면 프라이팬이 더러워지지 않는다는 겁니다. 설거지가 간단해지지요. 이건 아주 중요합니다. 아내가 있던 때에는 맛있게 식사를 한 뒤에 그대로 멍하니 있어도 괜찮았지만, 혼자가 되니 곧바로 설거지를 해야 하더군요. 설거지를 하나라도 줄이는 건 지금 내게 있어 매우 중요합니다.

이렇게 하나씩 아내가 사용하지 않았던 제품을 찾아내거나 새로운 조리법을 발견하면 '어때?' 하고 마음속으로 아내에게 자랑을 합니다.

다양한 조리기구
선택하기

　그나저나 막상 주방에 서니 어떤 도구를 사용해 조리할
지를 생각해야 하더군요. 또 그 이전에 주방 어디에 뭐가
있는지를 파악해야만 했지요. 기본인 도마와 칼의 위치는
금방 알았습니다. 그런데 '이렇게 많은 종류의 칼이 필요
한가?' 하고 자문할 정도로 다양한 칼이 있더군요. 솔직히
지금까지 그중 한 가지 칼밖에 사용하지 않았습니다. 오히
려 과일 등의 껍질을 깎는 작은 칼을 찾지 못해서 이건 새
로 구입했습니다.

　냄비나 프라이팬도 마찬가지입니다. 냄비가 이렇게나
종류가 많은 물건이구나 하고 새삼 감탄할 뿐입니다. 아내

가 이 모든 냄비나 프라이팬을 사용했으리라고는 생각지 않는데, 아마도 홈쇼핑으로 계속해서 구매하지 않았을까 하고 멋대로 상상하게 되네요.

조금 얕은 냄비와 우동 같은 면류를 삶는 작지만 깊은 냄비, 그리고 프라이팬을 최근 1년 남짓 기본적으로 사용해왔습니다. 이 두 냄비와 프라이팬으로 대부분 요리를 매일 만들고 있지요. 다시 말해 이것들이 기본적인 도구임을 알게 됐다는 겁니다.

어느 날 골방에 가니 깊고 큰 냄비가 있더군요. 나중에야 스파게티를 삶을 때 이 냄비가 필요하다는 사실을 알게 됐습니다. 하지만 스파게티는 한 달에 한두 번 먹을까 말까 합니다. 정말로 먹고 싶을 때는 다행히 집 근처에 잘 알고 지내는 아주 맛있는 이탈리안 레스토랑이 있어 그리로 가기 때문에 그다지 집에서 조리할 일이 없습니다. 그렇지만 마늘과 홍고추로만 맛을 낸 담박한 페페론치노 스파게티는 직접 삶아 대충 양념해 먹어도 맛있습니다.

그 이외에 가끔 겨울날 식탁에 둘이 앉아서 냄비요리를 해먹을 때 사용하던 전기냄비가 있습니다. 이건 한동안 사용할 일이 없으리라 생각되지만 추억이 있어 버리지 못하고 골방에서 자리를 차지하고 있네요.

　많다는 것은 반대로 아무것도 없다는 말과 같습니다.

　그래서 주방 정리를 겸해 내가 아마 앞으로 사용하겠지, 혹은 다룰 수 있겠지 싶은 것만 남기고 대부분의 물건은 과감히 처분하기로 했습니다. 내 나름대로 사용하기 쉽도록 정리하려면 먼저 수납할 수 있을 만한 공간을 확보해야 합니다. 이는 방 정리나 의류 정리에도 공통으로 해당되는 원칙입니다.

　더군다나 주방은 매일 식사를 만들어 먹으려면 반드시 제일 먼저 정리해야 하는 곳이지요. 갈등이 있긴 했지만 내가 사용할 만한 것만 남기고 버렸습니다. 다만 칼 종류는 어떻게 버려야 좋을지 몰라 아직까지도 남아 있네요.

오후 4시의 우울,
저녁 메뉴 정하기

매일 그날 저녁에 무엇을 먹을지를 정하는 일도 상당한 스트레스입니다.

아내가 건강하던 때에는 밤에 집에 오면 아내가 차려주는 요리를 언제나 맛있게 먹었지요. 그날 하루 동안 대학이나 병원에서 있었던 일을 주방에서 조리 중인 아내에게 이야기하면서 즐겁게 먹었습니다. 매일 메뉴가 바뀌었고 전날과 다른 몇 가지 종류의 요리가 차려져 있었습니다. 아내가 떠날 때까지 그걸 당연하게 여겼습니다. 이제 와서 생각하면 참으로 고마운 일이었지요. 분명 아내는 나를 위해 매일 그날 메뉴를 뭐로 할지 열심히 생각했을 테니까요.

혼자 살게 되니 메뉴 정하기가 여간 어려운 일이 아니더 군요. 오후 4시 무렵이 되면 오늘 저녁에는 뭘 만들어 먹을 까 생각하기 시작합니다. 메뉴 정하기는 간단한 일이 아닙 니다. 있는 반찬을 펼쳐놓고 먹거나 인스턴트 라면을 끓여 먹는 거야 누구나 할 수 있습니다. 사 오기만 하면 되니까 요. 하지만 직접 뭔가를 만들어 먹겠다고 생각하면 다양한 요소에 따라 그날그날 만들 수 있는 메뉴가 결정됩니다. 지금 냉장고 안에 뭐가 남아 있는지, 혹시 필요하다면 슈 퍼마켓에 뭘 사러 가야 하는지를 생각해야만 합니다.

메뉴 정하기는 그 주의 일정과도 밀접하게 관련됩니다. 일주일 내내 집에만 있는 일은 거의 없고 진료 및 학회나 회의 등으로 일주일에 사나흘은 어딘가로 외출합니다. 따 라서 식재료를 많이 사두면 남아서 썩혀 버리고 말지요.

또한 나의 조리 솜씨도 큰 제한 요소입니다. 지금으로 서는 볶음과 구이가 기본이고, 기름을 이용한 튀김은 아직 못합니다. 어린 시절 어머니가 튀김 요리를 하던 중에 불 이 옮겨붙어 큰 소동이 났던 광경이 트라우마가 됐습니다.

여전히 맛은 없지만 최근에는 겨우 조림 비슷한 것을 만들 수 있게 됐습니다.

즉, 메뉴는 재료와 조리 방법의 다양함과 식욕이라는 요소가 미묘하게 얽혀 결정됩니다. 이처럼 메뉴 하나 정하는 데에도 조리 능력, 1인분 조리 가능 유무, 영양적인 관점 등을 고루 생각해야 하지요. 실로 여러 요소를 생각하지 않으면 안 된다는 사실은 꽤 성가시지만 한편으로는 즐거운 일이기도 합니다.

될 수 있으면 텔레비전의 요리 방송을 열심히 시청해서 '어라! 저런 조리법이 있었어?' 생각할 만한 간단한 조리 방법을 배워 조금이라도 메뉴의 레퍼토리를 늘리려 하고 있습니다.

매일 혼자 조리해 외롭게 먹으니 식탁에 먹음직스럽게 요리를 차려놓고서 천천히 먹는 일이 없어졌습니다. 주방에서 만들어 완성된 것부터 입으로 가져가게 됐고 식탁도 접시를 놓을 작은 장소만 깨끗하게 치워두게 됐습니다. 언젠가 친구를 초대해, 지금은 항상 혼자 먹는 식탁에 내가 조리한 요리를 꽃과 함께 예쁘게 늘어놓고서 아내와 함께 이야기하며 먹던 예전처럼 다 같이 활기차게 식사할 수 있을 만큼 요리 솜씨를 키울 수 있기를 꿈꿉니다.

젊은 시절을 떠올리게 하는
요리의 즐거움

비록 일주일에 두세 번이라도 직접 조리해서 식사하다 보니 차츰 요리하는 즐거움이 생겨나더군요. 하지만 늦은 시간에 피곤한 몸을 이끌고 집에 오는 날이면 요리할 기운이 없습니다. 그럴 때 기운 나게 하는 데는 매운 레토르트 카레가 최고지요. 여러 브랜드를 시도한 끝에 입에 맞는 것을 찾은 터라 바쁜 날에는 샐러드와 카레로 때웁니다.

하지만 낮부터 일정이 없어 메뉴를 생각해서 재료를 사러 슈퍼마켓에 간 날에는 초저녁부터 넘치는 기운으로 요리에 도전하고 있습니다. 지금까지는 줄곧 누군가가 만들어준 것을 그저 먹기만 하고, 맛이 있느니 없느니 싱겁다

느니 비평만 했었지요. 그런데 실제로 요리를 시작해보니 이게 아주 즐거운 일임을 발견했습니다. 어떤 요리를 할지 메뉴를 생각하는 단계, 필요한 재료를 구입하는 단계, 썰거나 껍질을 벗겨 사전 준비를 해놓는 단계, 구울지 볶을지 찔지 생각하여 조리하는 단계, 어떤 조미료를 더할지 생각하는 단계, 그리고 완성된 요리를 어떤 식기에 어떻게 담을지 생각하는 단계 등 다양한 요소를 고려해야 할 필요가 있습니다.

아직 1년 남짓 경험했을 뿐인 데다 내가 먹을 음식이지 누군가에게 대접할 요량이 아닌 터라, 이 단계 중 몇 가지는 대충하거나 여전히 못하는 것도 많지만, 하나하나 발전시켜 머지않아 내 나름의 1인 메뉴 비법을 완성하겠노라 생각합니다.

나는 의학부를 졸업하고 안과의 연수를 받기 전 9년 정도 생화학 분야에서 대학원생과 조교로 연구를 했습니다. 요리 과정과 생화학 연구나 실험을 하는 과정에는 몇 가지 공통점이 있더군요.

아직 훈련을 받던 젊은 시절에는 연구 주제를 정하는 일, 즉 요리로 말하자면 메뉴 정하기는 지도 선생이 주도했습니다. 부여받은 연구 주제를 어떤 식으로 실험하고 설명해나갈지에 대해서도 지도를 받았지요. 그 지도에 기초해서 실제로 손을 움직여 실험을 수행하는 것이 나의 일이었습니다. 그런데 이 단계에서도 여러모로 배워야 할 것이 많았습니다. 가장 중요한 것은 절차입니다. 어떤 반응을 관찰하려면 시약을 넣는 순서가 중요합니다. 여기서 실수하면 전혀 반응이 일어나지 않아 처음부터 전부 다시 해야만 합니다.

요리도 마찬가지입니다. 조미료를 넣는 순서는 '사시스세소(차례로 설탕, 소금, 식초, 간장, 된장을 일컫는 일본어의 앞 글자를 따온 말-옮긴이)'라는 옛말이 있습니다. 지식으로는 알고 있지만 그 의미를 온전히 이해하게 된 건 실제로 직접 조리를 하게 되고서부터입니다. 순서가 틀리면 재료에 맛이 배지 않습니다.

프라이팬으로 닭을 구울 때도 열을 가하지 않은 상태에서 올리브유를 넣고 껍질 쪽을 아래로 놓은 다음 센 불로

굽다가 눌어붙으면 뒤집어서 중간 불에서 약한 불로 낮춘 다음 뚜껑을 덮어서 익히면 맛있게 완성됩니다. 그저 뭐든 세게 가열한 프라이팬에 재료를 올리기만 한다고 되는 게 아니라는 사실, 그리고 뚜껑을 덮느냐 마느냐에 따라 완성도가 달라진다는 사실도 배웠습니다.

조리 시간 역시 중요합니다. 태우거나 반대로 덜 익는 실패를 반복한 결과 주방에 키친타이머가 있는 이유를 이해하게 됐지요. 최근에는 작업 하나를 하면 내 나름대로 정한 시간을 키친타이머로 설정하고서 다른 작업을 수행합니다. 그렇게 하니 다른 작업에 열중하다가 음식을 태워 먹는 일은 더 이상 생기지 않았습니다.

절차와 순서라는 게 실로 실험의 프로토콜과 다를 바 없다고 느끼게 되니 조리가 매우 즐거워졌습니다. 이제 실험은 하지 않지만 어쩐지 젊은 시절이 떠오르는 듯해서 기분이 묘하더군요.

주방 한구석에는 요리용 작은 저울이 있습니다.

아내가 뭔가 계량하던 기억은 없었기에 어떤 때 사용하는지 내심 의문이었습니다. 생선이건 고기건 혼자서 먹는

다면 일일이 무게를 재며 이러쿵저러쿵할 일이 없습니다. 간장이나 식초 같은 액체라면 몇 큰 술이라고 정해져 있으니 계량을 합니다. 그 외에 어떤 것의 무게를 잴 필요가 있을까 하는 생각이 들었습니다. 하지만 다양한 재료를 적정량 넣으려면 무게를 아는 일이 중요하다는 사실을 몇 번의 실패로 깨달았지요.

그래서 저울을 꺼내 무게를 재기로 했습니다. 그러자 머지않아 적당히 집은 양이 어느 정도의 무게인지 감이 오더군요. 일일이 저울에 올려놓지 않아도 대체로 정확한 양을 가늠할 수 있게 됐습니다. 즉, 객관적인 기준을 이용해서 자신의 행동을 항상 계측하여 훈련하면 자연스레 몸이나 손이 기억하기 때문에 어느 순간부터는 기준이 없어도 거의 정확하게 할 수 있게 되는 겁니다.

이 역시 수술 기술을 익히는 것과 마찬가지입니다. 젊은 시절에는 절개하기 전에 게이지로 길이를 측정하고 색소로 표시를 한 다음 그 부분만 절개하는 훈련을 했습니다. 머지않아 감각적으로 길이를 기억해 게이지 없이도 거의 정확하게 절개할 수 있게 됐지요. 새로운 수술법이 나와서 인생에서 의미 없는 일은 없습니다.
나이를 먹고 세상 보는 눈이 변하면
다 내게 필요한 일이었구나 알게 되지요.

절개해야 하는 길이가 바뀌면 다시 게이지를 꺼내 한동안 그 길이만큼 절개하는 연습을 반복했습니다. 객관적인 기준을 두고 그 기준에 맞춰 행동하면서 서서히 기준이 필요 없어지도록 하는 일종의 성장과정입니다.

아내는 그 단계를 이미 끝낸 터라 "측정 같은 건 안 해요. 적당히 넣으면 틀림없이 맛있게 완성되니까" 하고 내게 큰소리쳤지만, 옛날 옛적 요리를 처음 하던 시절에는 아내도 분명 측정했으리라 생각합니다.

내가 태운 생선구이를 먹으면서도 요리 실력에 절망하지 않고 '곧 어떻게든 되겠지' 하고 낙관적으로 생각할 수 있는 건 내 성격 탓인지도 모르지만 대학원생 시절의 연구 덕분인 것도 같습니다. 설마 대학원 시절 연구에 몰두하던 일이 자취생활에 도움이 되리라고는 50년 전에는 꿈에도 생각 못 했네요.

인생이라는 것은 버릴 게 하나도 없습니다.

특히나 젊은 시절에는 자신이 무엇을 위해 뭘 하고 있는지 충분히 이해하지 못해도, 나이를 먹고 세상 보는 눈이 변하고 입장이 바뀌면 그게 다 도움이 되는구나 하고 무의식중에 생각합니다.

아내가 남겨놓은 많은 조리기구, 전자제품, 주방용품 그리고 조미료를 지금의 나는 완벽하게 다루지 못합니다. 그렇지만 요리의 즐거움을 깨닫기 시작했으니 앞으로 조금씩 레퍼토리를 늘려 하나라도 더 다룰 수 있게 되기를 바랍니다.

몸의 영양공급만큼이나
마음의 영양공급도 필요하다

매일 출근해야 하는 입장도 아니고 혼자 생활하니 어쨌거나 가장 큰 문제는 말을 안 하게 되는 것입니다. 원래 나는 이런저런 이야기를 하는 걸 좋아하는 사람인데 온종일 한마디도 하지 않는 날도 가끔 있습니다.

집에 있을 때는 식사를 직접 준비하는데 "좋아, 맛있게 됐네" 하고 혼잣말을 하면서 식탁으로 가져갑니다. 비록 맛 자체는 나쁘지 않아도(?) 혼자서 한마디 대화도 없는 상태로 묵묵히 먹다 보면 때로 단순한 영양공급으로 느껴지기도 하고 무엇보다 식사가 금방 끝납니다. 다 먹고 나면 지저분한 식기를 주방으로 가져가 바로 설거지를 합니다.

이 또한 생활의 지혜지요. 그런데 종종 일정한 칼로리를 섭취할 수 있는 쿠키나 칼로리 메이트로 끼니를 때우면 설거지도 필요 없으니 편하지 않을까 하는 '악마의 유혹'이 머릿속을 스칩니다. 젊은 시절, 학생 때는 패스트푸드점에서 자주 식사를 했고 식사는 성장을 위한 일종의 영양공급일 뿐이었습니다. 하지만 나이를 먹으니 이런 단조로움이 마음에 사무치는 듯합니다.

일주일 중 며칠은 진료 및 회의차 후쿠오카나 도쿄로 외출합니다. 이때 밖에서 식사를 하는데 나는 좀처럼 혼자서 불쑥 낯선 가게에 들어가지 못합니다. 먼저 떠난 아내는 그런 걸 전혀 개의치 않아 했기에 혼자서도 처음 보는 가게에 들어가 종종 내게 "맛있는 가게를 발견했어요" 했었지요.

그런 연유로 나는 후쿠오카건 도쿄건 비교적 혼자 들어가기 쉬운 이른바 B급 맛집이라고 불리는 곳으로 갑니다. 닭고기 계란덮밥, 우동이나 돈가스를 좋아합니다. 다행히 하네다공항에 이런 가게가 많아서 돌아오는 길에 공항에서 간단히 때우는 일도 빈번합니다. 이렇게 외식을 하면 확실히 초보자인 내가 만드는 것보다 맛있는 요리를 먹을 수 있습니다.

그래도 묵묵히 혼자 먹는다는 문제는 해결되지 않지요.

지금 신세 지고 있는 오시마안과병원의 원장 부부와 친구들이 걱정이 됐는지 종종 식사에 초대해주고 있습니다. 당연히 함께하는 식사는 참으로 맛있습니다. 무엇보다도 두 시간 넘게 최근 뉴스나 스포츠 결과에서 시작해서 의학적인 이야기나 역사 이야기까지 다양한 화제를 나누며 술 한잔과 함께하는 식사는 지금 내게 있어 정말로 즐거운 일입니다.

몸의 영양공급이 아니라 마음에 영양공급이 이뤄지고 있다고 말해도 좋을지 모르겠군요.

또한 긴키대학교 시절에 제자였던 한 선생이 1년에 몇 번 정도 '테루오 선생을 에워싸는 모임'라는 이름으로 오사카로 불러줘서 함께 식사하고 있습니다. 고마운 일이지요. 이처럼 오랜 친구, 지인이나 제자들과 식사를 하면 옛이야기로 꽃이 핍니다. 젊었던 시절, 아직 내 인생이 무한히 계속될 거라고 믿고 있던 무렵 지녔던 꿈이 떠오릅니다. 그 가운데 실현된 건 얼마 안 될지도 모르지만 착실하게 앞을 향해 생활해나가던 그 시절의 나로 돌아갑니다. 이렇게 솟아나는 따뜻함이 바로 마음의 영양이겠지요.

마음을 가득 채우고 정신을 똑바로 하는 수단으로써 함께 식사하는 것이 중요하다고 생각합니다.

식사 하나에도 지금껏 생각지도 못했던 것을 알게 되네요. 이러한 연유로 최근에는 종종 누군가를 불러내 밖에서 식사를 하려고 애쓰고 있습니다.

설거지를 바로바로
해야 하는 이유

요리는 일종의 창작 욕구를 불러일으킵니다. 스스로가
이만하면 됐다고 여기며 맛있게 먹을 수 있다는 건 굉장한
일입니다. 다만 여기서 한 가지, 배가 부른 이후에 큰 관문
이 있습니다. 바로 먹은 식기와 조리에 이용한 냄비 등을
식후에 설거지하는 것이지요.

아내는 "우수한 요리인이라면 식사가 시작될 때쯤이면
이미 채소 쓰레기나 칼 등을 깔끔하게 치워놓고 주방도 깨
끗하게 정리해놓는다고요"라고 자주 말했었지요. 이 말을
떠올려 채소를 썰면 그때그때 쓰레기를 버리고 도마와 칼

을 씻어놓았습니다. 또한 그러는 편이 다음 요리를 준비할 때 깨끗한 조리도구를 사용할 수 있어 기분이 좋더군요.

문제는 식후입니다. '오늘은 맛있게 됐군' 하는 나름의 성취감이나 만족감, 만복감으로 식후에는 여유를 즐기고 싶은 법이지요. 아내가 건강하던 때에는 "식후 커피 부탁해요!" 따위의 말을 하며 느긋하게 식탁에 그대로 앉아 있었습니다. 하지만 지금은 직접 커피를 끓여야 하고 무엇보다 사용한 식기의 설거지가 기다리고 있지요.

자리에서 일어나 사용한 식기를 개수대로 옮기는 것부터 시작합니다. 사실 사용한 식기를 주방 개수대에 옮기는 정도야 아내가 건강하던 때부터 당연히 여기고 해야 했는데, 역시나 철없는 응석받이였습니다. 처음에는 개수대에 내려놓고 물만 뿌려두고 '좀 있다가 세제로 씻어야겠다' 하는 마음이었습니다. 그러나 음식물 찌꺼기가 마르면 문질러 닦을 때 필요 이상의 시간이 걸린다는 사실을 차츰 알게 됐습니다. 개수대에 옮기자마자 바로 씻어버리면 오히려 편하다는 사실을 배웠습니다. 무엇보다 개수대에 세월아 네월아 더러운 식기를 두지 않아야 기분이 좋다는 걸 깨달았습니다.

그러고 보니 아내는 외출하기 전에 "잠깐 기다려요. 설거지 정리 좀 하고요"라는 소리를 자주 했습니다. 나는 곧장 나갈 생각이어서 매번 "그런 건 돌아와서 하면 되잖소? 얼른 갑시다"라면서 재촉했지요. 집에 돌아왔을 때 개수대에 아무것도 없는 깨끗한 상태여야 기분이 상쾌하다는 사실을 아내는 알고 있었던 게지요.

혼자가 됐다는 쓸쓸함과 공허함으로 한동안은 행동이 지극히 무뎠는데 늦으면 늦을수록 오히려 일이 힘들어집니다. 신속하게 정리하는 습관을 들이는 데 1년 이상이 걸렸네요.

막상 설거지를 바로바로 하기 시작하니 이건 또 이것대로 다양한 의문이 생겼습니다.

부드러운 스펀지에 식기용 세제를 사용하면 된다는 것쯤은 아무리 무지한 나라도 잘 알고 있습니다. 한데 그 이외에 표백제 같은 세제가 개수대에 놓여 있는 겁니다. 이게 어떤 효과를 내는지 전혀 몰랐습니다. 매일 같은 컵으로 커피를 마시니 컵 안쪽이 갈색으로 변하더군요. 세제로 아무리 박박 씻어도 지워지지 않았습니다. 문득 '어쩌면 이럴 때 표백제를 사용하는 건가?' 하는 생각이 들어 표백제에 잠시 담갔다가 씻으니 새하얀 사기그릇 본래의 색으로 돌아왔습니다. 아주 사소한 것이지만 그 순간 얼마나 기뻤는지 모릅니다.

4장

당신에게 늘 자랑스러운
남편이 될게요

떠나는 새는
흔적을 남기지 않는다

홀아비가 살아나가는 데 필요한 최소한의 집안일 전반은 매일의 일상에서 꽤 많은 부분을 차지합니다. 하지만 그 이상으로 힘든 게 지금까지 아내가 전부 챙겨주던 인간관계였지요.

아내는 11월 초부터 집을 떠나 통증완화병동에 입원했는데 그해 명절 선물을 어떻게 할지를 마지막까지 걱정했습니다. 직접 골라서 보낼 수 없다는 것, 택배를 부칠 수 없다는 현실이 심적으로 부담이 됐던 듯합니다. 백화점에서는 전년도까지의 데이터를 보내줍니다. 그래서 여태 했던 대로 똑같이 해야겠다고 생각해 백화점에 전년도 그대로 보내 달라고 부탁했지요.

허나 시시각각 다가오는 아내와의 이별 속에서 나에게는 선물을 부치면서나 받은 선물에 대해서나 감사 편지를 쓸 마음의 여유도 시간적 여유도 전혀 없었습니다. 아내가 건강해서 처리해줬을 때와는 달리 상대방에게 엄청난 실례를 저질렀던 이 일이 내게 큰 후회로 남았습니다.

12월에 아내가 떠나고 다음의 중대사가 상중엽서(일본에서는 상을 당한 해에는 연하장을 보내지 않는 것을 예의로 여겨, 연하장을 주고받기 전에 미리 상중이라 연하장을 보내지 못해 죄송하다는 의미로 엽서를 보낸다-옮긴이) 작성과 발송이었습니다. 다행히 주소관리 데이터를 아내와 공유해 사용했던 터라 보내야 하는 분들의 목록을 어느 정도는 알고 있었습니다. 어찌 됐건 보낼 수 있는 범위에서 모든 분들께 알리는 편이 좋지 않을까 싶었지요. 그와 동시에 조문 답례 편지를 보내야 합니다. 실례를 범해서는 안 된다는 생각에 몹시 신경을 썼으나 그래도 신년이 되니 연하장이 오더군요. 한

분 한 분 상중임을 알리고 사과하는 작업이 계속됐습니다. 원래는 겨울 안부인사의 형태로 새로이 인사해야 했지만 아내를 잃은 지 한 달 남짓인 상태에서 정말이지 거기까지 할 힘은 없었습니다.

순식간에 시간이 지나 오추겐(우리나라의 추석에 해당하는 오본 전에 평소에 도움을 받았던 사람들에게 선물하는 풍습-옮긴이)의 계절이 됐습니다. 조금 시간이 흐른 터라 앞으로의 일을 생각할 여유가 생겼지요. 나와 관계된 사람들에게는 지금껏 해왔던 대로 선물을 보내기로 했습니다. 하지만 아내와 관계된 사람들에게는 어떻게 해야 할지 감이 안 잡히더군요. 아내가 떠난 지금, 내 이름으로 보내야 좋을지, 이 기회에 그만두는 편이 좋을지 상당히 고민됐습니다. 투병 내내 헌신적으로 아내를 지켜줬던 동창들에게 감히 "오추겐은 어떻게 할까요?" 물어볼 수도 없었습니다.

평소 아내와 대화하며 들었던 친한 분들의 이름은 알고 있지만, 송부 목록에 나로서는 도저히 판단하기 어려운 이름이 많았습니다. 결국 아내의 이름으로 보내던 분들에게는 오히려 민폐이지 않을까 싶어 이번 오추겐부터 그만 보내기로 했습니다.

아내는 당연히 내가 먼저 가고 자신이 남을 거라고 생각하고 있었나 봅니다. 주소록 데이터를 열어보니 내 지인 메모난에 꽤나 상세하게 나와의 관계를 기재해놨더군요. 그리고 보니 아내는 항상 "○○ 씨와는 언제부터 알았어요?" 같은 질문을 자주 했습니다. 내 인생의 어느 시절에 어떤 만남이 있었는지를 물어 메모를 해놨지요. 하지만 아내의 지인 쪽은 그런 내용이 거의 기재돼 있지 않았습니다. 아내의 머릿속에 관계와 추억이 고스란히 들어 있으니 데이터를 따로 입력할 필요가 전혀 없었던 게지요.

허나 내가 남겨진 상황이 되니 아주 곤란해졌습니다. 지금껏 나눠온 아내와의 대화나 주소 등을 통해 어떤 관계였는지를 추측하는 수밖에 없었지요. 아마 이 단계에서 몇 명은 인연이 끊어져 버렸을지도 모릅니다. 아내에게는 미안한 마음이지만 이것만은 어쩔 방도가 없다며 단념하는 수밖에 없었습니다.

이런 경험을 했기에 내가 죽은 후 남겨진 사람들이 곤

란을 겪지 않도록 해줘야겠다는 생각이 들었습니다. 특히 연락처 목록은 중요합니다. 그러고 보니 멀리 떨어져 살고 있는 장남에게 들은 말이 떠올랐습니다.

"아버지가 돌아가셨을 때 최소한 누구에게 연락을 해야 하는지는 확실하게 알려주세요."

관계를 맺을 때마다 입력했던 이름이 지금 한 3,000건 정도 되는데, 짬을 내어 이미 죽은 사람, 지금도 연락을 취하고 있는 사람, 오랜 세월 소원한 사람 식으로 분류해가며 주소록 데이터 메모난에 기입하는 작업을 시작했습니다. 그 사람들과의 관계를 회상하며 작업하다 보니 느릿느릿한 속도지만 다 정리할 때까지의 시간이 내게 아직은 있다고 생각합니다.

반가운 이름을 보고 그 사람과 함께했던 시절을 떠올리며 메모를 작성하는 작업은 의외로 많은 시간을 잡아먹습니다. 내게 남은 인생의 시간 중에 다시 만날 일이 있을까 하는 생각에도 잠깁니다.

이 나이가 되니 되도록 모든 걸 간소하게 줄여나가야 한다고 되뇝니다. 그래서 과감하게 관계의 단샤리를 시도하고 있습니다.

아마 엄청난 실례를 저지르고 있는 것일지도 모르지만 내가 없어진 후 남겨진 자가 고민할 것을 생각하니, 또 내 경험을 봐도 확실하게 단샤리를 해둬야겠다 싶습니다.

70년이라는 세월 어딘가에서 만난 그리운 분들과의 인연을 쉬이 끊을 수야 없겠지만, 이 나이가 되니 용기를 내어 의리를 배반하지 않을 수가 없네요. 모두 이해하고 용서해주겠지요.

당신에게 자랑스러운
남편이 될게요

《몽테크리스토 백작》의 마지막 장면에 백작이 이런 대사를 하지요.

"가장 큰 불행을 경험한 자만이 가장 큰 행복을 느낄 수 있다."

확실히 그렇다고 생각합니다.

이 세상에는 절대적 행복도 불행도 없습니다. 그저 상대적으로 행복이라 느끼느냐 불행이라 느끼느냐의 문제이지요. 아내와의 생활이 풍요로웠던 만큼 아내가 없다는 상실감은 매우 큽니다. 하지만 이 시련은 결국 저세상에서 재회했을 때 아내에게 칭찬받는 순간의 큰 행복을 위한 것일지도 모릅니다.

마지막 순간까지 아내는 혼자 남을 나를 걱정했습니다.

'사랑하는 데루오에게'로 시작되는 나에게 보내는 마지막 편지를, 죽은 후 아내의 컴퓨터 속에서 발견했습니다. 죽기 한 달 전 몸의 통증을 참아가면서 마지막 힘을 쥐어짜며 쓴 것이지요. 둘이서 보낸 시간의 추억이나 나에 대한 감사가 적혀 있었습니다. 그리고 나를 격려하는 말이 빼곡히 담겨져 있었지요.

내 주변에는 버팀목이 돼주는 분들이 많다는 것, 나에게는 아직 이뤄야 하는 사명이 있다는 것, 무너지지 말고 남은 시간을 소중하게, 그리고 즐기면서 보내길 바란다는 소원과 함께 마지막으로 이렇게 적혀 있었습니다.

'마지막 나날을 이렇게 마음 통하며 보낸 우리잖아요. 걱정 말아요, 나는 계속 당신 곁에 있을 테니.'

가장 큰 불행을 경험한 사람만이
가장 큰 행복을 느낄 수 있습니다.

이 편지가 참으로 고마웠습니다. 눈물과 함께 몇 번을 다시 읽었는지 모릅니다.

요 1년 반 동안 다양한 경험과 새로운 체험을 하면서 혼자 살아왔습니다. 아내가 곁에 없다는 상실감이 대부분이라 슬프지만요. 그 시간 동안 이 편지에 남긴 아내의 마지막 메시지가 마음의 큰 버팀목이었습니다. 마음이 무너지려 할 때면 어김없이 꺼내어 몇 번이고 반복해서 편지를 읽었지요.

어느 날 내가 이 세상을 떠나면 아내를 다시 만날 수 있을까, 저세상에서 다시 한번 이야기를 하고 싶다는 마음이 강해질 뿐입니다.

아내와 다시 만나면 환한 얼굴로 어떻게 남은 시간을 혼자 잘 보내왔는지 자랑할 수 있도록 한다는 게 지금 내 생활의 모든 기준입니다.

대화할 사람이 없다는
슬픈 현실

아내가 건강하던 때에는 집에 돌아오면 서로 그날 하루의 일을 이야기 나누고 뉴스 화젯거리에 관해서도 대화하면서 가끔은 의견이 달라 한참을 토론하기도 했었습니다. 무엇이든 이야기를 나눌 수 있어서 정말로 행복했는데, 아무도 없으니 집 안에서 전혀 소리가 안 납니다. 그래서 텔레비전이 참으로 고마워지더군요.

예전 미국에서 유학하던 시절 농담 삼아 텔레비전을 전자 아이돌보미(electric baby sitter)라고 부르며 웃었더랬지요. 어린아이를 텔레비전 앞에 앉혀두면 시간 가는 줄도 모르고 얌전히 있어 주니까요. 이제 집에 오면 먼저 텔레비전부터 켜는 습관이 생겨버렸습니다. 텔레비전이 내 돌보미입니다. 어쨌거나 집 안에 뭐라도 소리가 나기를 바라는 겁니다. 방송이 재미없다는 거야 충분히 알고 있습니다. 마음으로는 '언제까지 이런 따분한 방송을 보고 있을 거야' 하고 스스로를 질책하지만 결국에는 보는 둥 마는 둥 지루하게 그저 시간을 헛되이 쓰게 됩니다. 따분하고 시끄럽기만 한 방송을 계속 보다 보면 뉴스 프로그램 등이 매력적으로 느껴지기도 합니다.

적적하더라도 텔레비전 전원을 꺼야겠다는 생각이 들었습니다. 대신에 뭔가 그날의 기분에 가장 잘 맞는 음악을 틀기로 했지요. 하지만 기본적으로 묵언수행임에는 차이가 없습니다.

일이 없는 날에는 사람과 대화할 일이 거의 없습니다. 가끔 택배 기사가 배송을 오면 "고마워요" 하고 입을 떼는 정도입니다. 일흔의 남자가 혼자 생활할 때 역시나 가장 큰 문제는 누구와도 대화할 기회가 사라지는 거라고 생각합니다. 그런 나날이 계속 이어지면 기분이 우울해집니다.

대화를 주고받지 않는다는 건 동시에 자기 자신의 감정

이나 감격을 누구에게도 전하지 않고 나누지도 못한다는 말입니다. 저도 모르게 그만 내성적이 되지요. 입 밖으로 소리를 내지 않으면 머리나 마음으로 느낀 게 자신의 마음으로 곧장 되돌아갑니다. 일종의 악순환에 빠질 때가 있습니다. 이 같은 상태라, 앞으로 어쩔 수 없다는 마음으로 살아갈 바에야 하루라도 빨리 죽음이 찾아왔으면 싶을 때도 종종 있습니다.

다행히 나는 일주일에 이틀 정도 진료를 하고 있는 터라 그때 적어도 동료 선생, 간호사분들과 이야기를 나누고 있고 특히 환자분들과도 자주 대화를 나눕니다. 하지만 그 외의 외출하지 않는 날에는 정신을 차리고 보면 하루 종일 바둑이 이외에는 누구에게도 말을 걸지 않는 날도 있습니다. 마치 완전한 묵언수행 중인 듯, 그저 노망의 길로 전진하고 있는지도 모릅니다.

누군가와 이야기를 나눌 수 있다는 게 얼마나 중요한지 몸소 체험하고 있습니다.

독신의 균형 있는
생활리듬 만들기

　나는 한 번 가정을 가졌다가 이혼했습니다. 쉰을 앞두고
서 독신생활을 경험했지요. 다만 당시에는 의학부 안과학
교실의 교수 일로 바빠 매일 아침 대학으로 출근해 밤이
늦어서야 돌아오는 생활을 했습니다. 주말에도 전국 곳곳
에서 의뢰받은 강연을 하거나 학회에 참석하느라 집에 붙
어 있는 일이 거의 없었습니다. 또한 2DK(방 두 개에 거실, 식
당이 있는 구조-옮긴이)의 관사에 살고 있었는데 청소와 세탁
을 해주는 분이 따로 있어 일주일에 두어 번 집에 방문해
주셨습니다. 내가 신경 쓰지 않아도 청결을 유지할 수 있
었지요. 무엇보다도 일 때문에 매일 깔끔한 복장으로 일정

한 시간에 외출했다는 게 지금과 가장 다른 점일 겁니다.

허나 일흔을 맞이하고 정년 이후 일정하게 일을 하지 않는 상태에서 아내가 먼저 떠나고 혼자가 되니 집안일이라는 일이 나를 크게 억누르더군요. 그리고 나이를 먹어가는 것도 큰 이유겠으나 사랑하는 사람이 없는 집에서의 생활은 정신적으로 매우 어두울 수밖에 없었습니다.

걸핏하면 하루 종일 잠옷차림으로 멍하니 앉아 아내와의 즐거웠던 나날을 그리워하며 추억하거나, 마지막에 해주지 못한 것을 후회하면서 집 밖으로 한 발짝도 내딛지 않는 날도 셀 수 없을 정도로 많았지요. 이런 상황에서는 어떻게든 생활리듬을 만들어내는 게 중요하다고 스스로도 생각했지만 마음도 몸도 움직이지 않았습니다.

그러던 어느 날, 전부터 한 달에 한 번 진료하러 나가는 후쿠오카시에 있는 오시마안과병원의 마쓰이 원장이 매주 진료를 봐달라는 연락을 해왔습니다. 그래서 일주일에 한 번은 수염을 깎고 머리를 정돈하고 와이셔츠를 입고 넥타이를 매고서 기차 타고 후쿠오카시에 가게 됐습니다. 원장 선생 부부가 어떻게든 나를 최소 일주일에 한 번은 집에서 나오게 하려고 마련한 묘안이었지요.

정말로 고마웠습니다. 복장이 말끔해지고 병원에서 흰 가운을 입으니 눈앞의 환자에게 머리도 마음도 집중하게 되면서 희한하게도 잡생각이 들어올 여유가 없어지더군요. 환자의 이야기를 듣고 내 소견을 이야기하면서 머릿속도 마음속도 소란스러움이 가라앉았습니다. 마쓰이 선생 부부의 이 따뜻한 배려 덕에 나는 일단 주 단위의 생활리듬을 만들 수 있었습니다.

다음 문제는 하루의 리듬입니다.

밤늦게까지 텔레비전을 멍하니 보고 있어도 "언제까지 볼 작정이에요! 얼른 자요!"라고 말해주는 사람이 없습니다. 아무리 아침 늦은 시간까지 잠을 자도 "빨리 일어나요!" 하고 아무도 말해주지 않습니다. 어떤 생활방식으로 살든 아무도 간섭을 하지 않습니다. 타율적 규제를 받는 일이 없어진 것이지요. 정말이지 나 스스로 착실하게 자율적으로 행동하는 수밖에 없습니다.

1주기까지의 1년은 매일 아침이면 반드시 내 서재로 마런한 옆집으로 건너가 거기서 오전 내내 생각에 잠기거나 책을 읽곤 했습니다. 그러나 날이 추워지니 이동하는 게 귀찮아서 그만 종일 텔레비전 앞에서 보내게 됐습니다. 지루한 하루하루가 이어졌지요. 날이 조금 풀리면 다시 매일 아침 옆집으로 이동해 반듯한 생활을 보내야겠구나 생각하고 있습니다.

1년에 걸쳐 아내의 추모집을 제작했는데 제법 시간이 걸리는 작업이었습니다. 1주기에 맞춰야 한다는 마감기한이 있었던 터라, 그게 낮 동안의 한 가지 리듬을 만들어 줬지요. 그렇지만 아침에 일어나 '자, 오늘은 이걸 하자'며 자연스럽게 시동을 걸게 되기까지는 역시 1년 이상의 세월이 필요했습니다.

1주기가 끝나고서야 겨우 혼자서 생활해나갈 각오가 생긴 듯합니다.

이처럼 주 단위로, 그리고 하루 단위로 생활리듬을 만드는 게 매우 중요하다는 것을 깨달았습니다. 다만 퇴직 후 매일 정시에 나가지 않아도 되는 나이에 혼자가 되면 이 생활리듬을 만들기가 매우 어렵습니다. 젊은 시절부터 골프니 바둑이니 장기니 하며 돌아다닐 만한 취미를 가진 사람은 편할지도 모릅니다. 일밖에 몰랐던 나는 그런 취미도 없던 탓에 외출할 필요가 없어지니 저절로 집 안에서 하루 종일을 보내게 되더군요.

혼자서는 리듬을 만들기가 상당히 어렵지만, 강연이나 진료 등을 의뢰받으면 적극적으로 집 밖에 나가게 되어 리듬이 생깁니다. 그리고 무엇보다 사회와의 접점이 마음을 어루만져주더군요. 다행히 일본 안구은행 협회 일로 안구 기증을 설득하는 강연을 전국 각지에서 하고 있습니다.

어쨌거나 집을 나와 전국 곳곳을 여행할 기회가 있다는 것, 이는 하나의 행복입니다.

혼자서도 후회 없는
삶을 살고 싶다면

마지막 치료를 끝내고 둘이서 아키타 가쿠노다테, 히로
사키 성, 하코다테 고료카쿠의 벚꽃을 따라 여행을 했는데
단단히 계산해서 떠난 길이었건만 그해는 개화가 일러 만
개한 벚꽃을 즐길 수 없었지요.

아내는 앞으로 1년 동안 노력해서 다시 한번 하코다테
고료카쿠의 벚꽃을 보고 싶다고 간절하게 바랐습니다. 하
지만 그 바람을 끝내 이루지 못했지요.

그래서 아내가 죽은 다음 봄에 고료카쿠를 이번에는 나
혼자 찾았습니다. 얄궂게도 그해는 때마침 만개한 시기에
찾아가서, 과연 아내가 고료카쿠의 벚꽃을 보고 싶어 할

만했구나 할 정도로 그 아름다움에 넋을 잃고 구경했지요. 둘도 없는 친구인 하코다테의 에구치 선생 부부와 함께 지난해 아내와 둘이서 찾았던 끝내주는 초밥 집에 들렀습니다. 우연히 똑같은 자리에 앉아 에구치 선생 부부와 맛있는 초밥을 먹는데 아내만 없으니 말로 형용할 수 없는 이상한 느낌이 들었습니다.

다음 해에도 에구치 선생 부부의 초대로 벚꽃을 보러 혼자 갔지요. 이번에는 방문 시기가 조금 일렀는데, 머물던 사흘 동안에 차츰 개화를 하더군요. 첫해는 만개한 벚꽃을 보고 싶다는 소원을 이루지 못했던 아내의 영혼을 위령한다는 마음이 강했습니다. 하지만 다음 해에는 아내가 떠난지 1년 반 정도가 지난 터라 스스로 내 생활을 꾸려간다는 다짐의 의미가 컸습니다. 벚꽃이 마치 새로운 출발을 의미하는 것처럼 느껴졌지요. 어찌 됐건 에구치 선생 부부 덕분에 이로써 언젠가 아내를 다시 만나면 하코다테 고료카쿠의 벚꽃이 얼마나 아름다운지 말해줄 수 있게 됐습니다.

둘이서 마지막으로 한 해외여행은 벨기에와 독일의 크리스마스마켓을 돌아보는 것이었습니다. 추운 계절이었지만 아내는 처음으로 방문하는 브뤼셀 그랑팔라스 광장의 전나무 크리스마스트리며 광장을 에워싼 건물을 비추는 크리스마스 조명장식과 음악을 참으로 기뻐하며 즐겼습니다. 하루에 몇 번이나 나가 밤늦게까지 빛과 소리 장식을 흠뻑 즐겼지요.

그 후 아내와의 추억을 회상하고 아내의 영혼을 위로하기 위해 혼자 브뤼셀을 찾았습니다. 둘이서 갔던 레스토랑에서 이번에는 나 혼자 식사를 했습니다. 풍경도 식사도 모든 게 아내와 함께했던 때처럼 마음을 울리진 못했습니다. 오히려 외로움과 공허함만 배가 됐을 뿐이지요.

그 이후로 아내와 여행했던 추억의 장소나 신사 및 절 등을 혼자 찾는 일은 그만두기로 했습니다. 공허함만 커지니까요. 이제는 혼자서 착실히 살아나가지 않으면 안 됩니다. 언제까지고 추억에만 잠겨 있는 건 정말로 아내가 바라는 모습이 아닐 테니까요.

언제 데리러 와도
괜찮다는 마음가짐

이별이건 사별이건 한 번 가정을 가졌던 사람이 혼자 생활하는 일이란 정말 쓸쓸하고 외로운 법입니다. 나는 마흔여덟에 한 차례 이별을 겪었습니다. 세 자녀는 전처와 함께 생활하기를 바랐지요. 그 시점에서는 다시 결혼할 생각이 전혀 없었습니다. 마흔여덟이라는 나이는 아직 젊어서 일에 있어서도 인간관계에 있어서도 여전히 꿈이 컸습니다. 더 좋은 일을 하고 싶다는 마음과 더불어 분명히 할 수 있다는 마음도 있었지요.

그때는 장래에 대한 꿈이 있었고 어쩐지 모든 것이 상승하는 느낌이었습니다. 혼자 생활해도 일에 쫓겨 그런대로 충실한 매일이었습니다. 그렇지만 일을 벗어나 밤에 혼자가 되면 쓸쓸함을 느꼈지요. 사람의 온기가 그리웠습니다. 그래도 젊음과 일에 대한 열정이 이런 쓸쓸한 감각을 충분히 채워줬다고 생각합니다.

그런데 예순셋에 교수직을 정년퇴임하고 대학에서 부학장까지 그만둔 이후 예순여덟의 나이에 아내를 잃었습니다. 이전과 마찬가지로 독거생활을 하게 됐지요.

먼저 큰 차이는 체력이 예전 같지 않다는 거였습니다. 더군다나 아내가 너무나 나를 애지중지 아껴줬던 터라 혼자서 살아가는 힘이 약해질 대로 약해진 상태였지요. 집안일이나 바깥일을 하는 이외의 시간은 어떻게 보내도 상관없는 시간입니다. 효율적으로 사용하자고 생각하며 자신을 규제해나가는 수밖에 없습니다. 허나 아내를 떠나보낸 일흔의 남자에게는 자신의 의지로 강력하게 행동할 만큼의 힘이 더 이상 없습니다.

제일 먼저 내게 남은 인생이 앞으로 얼마나 될지 나도 모르게 생각하게 돼버립니다. 기껏 오래 산다 해도 10년 정도겠지요.

일반적으로 아내를 먼저 보낸 남자의 여명은 짧다고들 합니다. 그렇다면 10년이 아니라 앞으로 고작 몇 년 정도일지도 모릅니다. 새로운 도전을 할 용기도 기력도 생기지 않습니다. 쇼핑을 하다가 아무리 멋진 것을 봐도 어차피 나와는 관계없다는 생각이 듭니다. 마찬가지로 일에서도 취미에서도 무의식중에 '이제 와서 새로운 것을 해봤자지' 생각해버립니다.

즉, 장래에 대한 확장의 세계가 존재하지 않습니다. 마음에서 의욕이 사라진 게 가장 큰 원인일 테고 체력 쇠퇴역시 또 하나의 원인이겠지요. 가족을 위해서라든가 아내의 기쁜 얼굴을 보고 싶다거나 하는 동기가 삶의 보람이나 일하는 보람으로 이어져 체력 이상의 힘을 만들어준다는 것을 알게 됐습니다. 언제 데리러 와도 좋다, 싶어서 우울한 마음이 밀려드는 날이면 이제 인생을 끝내고 싶다는 생각마저 듭니다.

누구나 죽을 때는
타인의 도움이 필요하다

각자 자녀가 있는 두 사람이 재혼을 할 때는 자녀들과 문제가 꼭 생기기 마련이지요. 우리 아이들은 우리 둘의 결혼을 그런대로 축복해줬다고는 생각합니다. 다만 이는 새로운 아버지나 어머니가 나타났다는 의미가 아니라 어머니의 새로운 동반자 혹은 아버지의 새로운 동반자라는 인식이었다고 봅니다. 그렇게 확실하게 인식을 해줘서 오히려 우리 부부로서는 고민이 줄어들었습니다.

기본적으로 우리는 서로를 소중히 여겼고, 아내는 자신의 아이들을 엄마로서 대했으며 손자가 생긴 이후에는 할머니로서의 즐거움을 자유롭게 맛봤습니다. 나는 요청을 받을 때 이외에는 일절 말참견을 하지 않았지요. 무슨 일이 있으면 절대적으로 편이 돼주는 옆집 아저씨의 입장을 고수하고 있었습니다.

한편 나는 전처와 이별하면서부터 기본적으로 아이들과도 소원해졌습니다. 장남만이 결혼할 무렵에 약혼자를 데리고 인사하러 와줬습니다. 참으로 기쁜 순간이었지요.

나는 세 아이 모두 좋아했습니다. 엄격한 아비였을지도 모릅니다. 일만 하고 가정을 돌보지 않는 아비였을지도 모르고요. 그래도 나는 세 아이가 좋았습니다. 아내를 잃고 혼자가 된 일흔의 나는 아이들과 아주 조금이라도 친밀한 관계를 다시 만들면 그대로 유야무야 기대게 될지도 모를 스스로를 경계했습니다. 그래서 내게는 이제 자식이 없다고 일부러 되뇌며 내 마음의 안정을 지켰습니다.

들리는 소문을 통해 두 아들은 각자 의사가 되어 활약하고 있고 딸아이는 결혼해서 착실히 가정을 꾸리고 있다는 걸 알았습니다. 그것으로 만족해야 하고 그 이상은 기대해선 안 된다며 조용히 지냈습니다. 어떤 의미로는 고집을 부린 게지요. 남들이 "손자는요? 사랑스럽지요?" 하고 물어도 그저 미소로 모호한 대답만 했습니다. 한 번도 만난 적 없는 손자들에게 갑자기 "내가 네 할아버지다"라고 밝히며 나설 용기도 없었을뿐더러 손자들에게도 혼란만 줄 거라고 생각했지요. 그 이후에는 연하장을 주고받는 것 이외에는 아무것도 하지 않았다고 해도 될 만큼 교류가 없었습니다.

아내의 아이들은 어릴 때 암으로 아버지를 여였습니다. 결혼하고 한참 지나 내 아이들과 아내가 이야기를 나눈 적이 딱 한 번 있습니다. 그때 아내의 말이 지금까지도 정확하게 기억납니다.

"내 아이들은 아버지를 만나고 싶어도 두 번 다시 만날 수가 없어요. 아버지가 건강하니 언제든 만날 수 있는데 왜 안 만나나요?"

아내의 죽음 이후 법률적인 면을 비롯해 그 이외의 갖가지 부분에서 남겨진 자가 뒷정리를 해야 한다는 사실을 배웠습니다. 사망신고서만 내면 그것으로 끝이 아니었습니

내게는 소중한 추억이라 해도
죽으면 쓰레기가 될 뿐이라는 사실이
공허하게 느껴집니다.

다. 내가 죽은 후 아무도 살지 않을 현재의 집 처리도 문제입니다. 또한 내게는 소중한 추억인 상장이나 메달들도 막상 처분하려고 하니 헐값인 데다 어딘가의 소각장에서 쓰레기로 처리될 것을 생각하자 말할 수 없는 공허함이 들더군요. 건강한 때만이라도 내 곁에 두고 싶습니다.

장남이 "나중에 제가 챙길게요"라고 말해줘 정말로 기뻤습니다. 내가 먼저 죽을 경우만 생각해뒀는데 정작 자신이 먼저 가게 되자 내게 무엇이 필요한지를 파악하고서 아내가 장남에게 부탁해둔 게지요. 새삼 얼마나 고마운지 모릅니다.

아내가 죽은 후 아이들이 내게 친절히 대하고 이것저것 신경을 써주니 정말 고마워하고 있습니다. 하지만 오래전 그 어린 아이들을 내가 고통스럽게 했다는 생각이 들어 지나치게 기대려는 마음은 경계해야 한다고 생각합니다.

가능한 한 혼자 자립하여 생활할 생각이지만 아무래도 마지막 몇 달은 누군가의 신세를 질 수밖에 없겠지요. 그런 사실을 아내가 죽음을 맞이하는 과정을 보고 겪으며 배웠습니다.

기쁨과 슬픔이 함께
공존하는 삶

아내는 나를 참 알뜰히 신경 써줬습니다. 남에게 근사하게 보이도록 참 많이 애써줬지요. 그래서 남은 시간을 어깨 쫙 펴고 의연하게 살아나가야 한다고 생각합니다.

저세상에서 아내를 다시 만나면, 웃으며 이렇게 말할 수 있도록 앞으로도 힘차게 살아갈 생각입니다.

"당신이 먼저 떠난 후 그런대로 어깨 쫙 펴고 열심히, 멋지게 살았소. 당신이 말한 사명이 이런 거였군. 잘 끝마쳤소. 다시 만날 수 있어 정말로 기쁘구려."

그날이 기다려집니다.

혼자가 되니 다른 것에 신경을 쓸 필요가 없어지더군요. 신경 쓸 사람도 없고요. 나 하나만 생각하며 생활하면 되니 어떤 의미에서는 매우 자유롭다고도 말할 수 있겠네요. 하지만 그 반면, 독신의 고독이나 공허함이 참으로 강하더군요. 다양한 즐거운 일이나 슬픈 일을 나눌 상대가 없다는 건 고통스럽고 허무한 일입니다. 즐거웠던 일은 아내와 나눠서 배가 되고 슬픈 일은 아내에게 이야기함으로써 가벼워졌는데 말이지요.

어린 시절에 아버지가 자주 들려주셨던 낡은 레코드의 노래 중에 이런 구절이 있었지요.

'그대의 근심에 나는 울고, 나의 기쁨에 그대는 춤추네.'

당시 어렸던 나는 깊은 의미야 당연히 이해하지 못했지만 지금까지도 머리에서 떠나질 않습니다. 학창시절의 우정을 이야기한 노래지만 무엇과도 바꿀 수 없는 파트너였던 아내를 잃고 일흔이 넘은 지금에서야 이 가사의 의미가 절절하게 와 닿았습니다.

물론 독신생활이 주는 자유와 기쁨도 없지는 않겠지만, 슬픔을 나눌 수 없는 공허함이 함께 공존하는 것임을 사무치게 느낍니다.

5장

노년의 남자가
혼자 살기 위해 알아야 할
일곱 가지 법칙

아내를 먼저 보낸 일흔 넘은 남자가 남겨진 인생을 혼자서 즐겁게 살아가려면 몇 가지 비결과 방법이 필요합니다.

나이를 먹을수록 몸의 움직임뿐만 아니라 마음가짐도 약해지고 서서히 모든 일에 무뎌지니까요. 홀로 생활하면 마음을 서로 터놓을 수 있는 사람과 감동을 나눌 수가 없습니다. 그사이 감동하는 힘이 약해지고 점점 마음이 말라갑니다. 마음이 침울하면 곧바로 몸을 움직이기도 귀찮아져 행동이 더욱 무뎌집니다.

어쨌거나 집에 틀어박히지 말고 밖으로 나가는 자세가 아주 중요합니다. 스스로 움직이지 않으면 아무것도 나아지지 않습니다. 몸과 마음 그리고 감정의 균형을 얼마나 잘 잡느냐가 근본적으로 가장 중요합니다.

다음의 규칙들은 제가 아내를 잃고 혼자 살아가며 깨달은 것들을 정리한 것입니다. 저와 같은 처지에 계신 분들이나 그런 부모님을 모시고 있는 자녀들에게 도움이 되길 바라면서요.

잃어버린 것을 세지 말고
가진 것에 감사하라

일흔이 되고부터는 확실히 급격하게 체력이 약해지더군요. 젊은 시절처럼 행동하기가 어려워집니다. 근력과 함께 반사 신경이나 순발력 등 운동신경도 떨어지지요. 더군다나 아내가 떠나고 혼자가 되니 기력도 약해지고 마음이 말라갑니다. 그러자 주변 사람들이 여러모로 신경을 써줍니다. 무의식중에 누군가에게 기대고 싶어지더군요. 허나 내 일은 가능한 내가 하겠다는 마음, '자립의 마음'을 강하게 지니는 게 중요합니다. 구체적인 지침으로는 다음과 같은 것들이 있습니다.

1. 자기 주변을 정돈하고 집안일을 잘 처리해 집 안을 말 끔하게 유지한다.
2. 가능한 요청받은 일에 적극적으로 참여하고 세상과 의 접점을 풍부하게 하여 사회와의 관계를 지속한다.
3. 건강하게 일할 수 있는 한 일을 해서 생활비를 확보해 경제적으로 자립한다.
4. 자신만의 사생관을 마련하여 사후 준비를 스스로 해 나간다.

자립을 하려면 먼저 자신의 심신상태를 객관적으로 파악하고 체력이 전과 다르다는 사실 등을 명확하게 자각해야 합니다. '젊을 땐 잘했는데', '아내가 있었다면'처럼 잃어버린 것을 세고 있으면 자립하지 못합니다.

청결하고 정돈된 집 안 환경을 유지하고 몸단장을 깔끔히 하며 규칙적인 생활을 하는 건 일흔이 넘으니 더더욱 중요한 생활의 기본이 되더군요. 고가의 물건을 몸에 걸칠 필요는 없지만 말쑥하고 청결한 복장에 신경 쓰는 자세가 중요합니다.

앞서 말했듯이 나는 혼자가 된 이후로 조금씩 집안일 배워나가고 있습니다. 하지만 일흔을 넘기고서 시작하니 마음먹은 속도로 배울 수가 없더군요. 또한 아내와의 추억에 사로잡혀 1년 반이 지난 지금도 아내를 잃은 충격에서 회복되지 않은 상태라 완전히 집을 관리할 수 있을 때까지는 시간이 좀 걸릴 듯합니다.

다만 매일의 요리와 청소 및 세탁은 생활을 간소하게 바꿔나갈수록 편하다는 사실을 배웠습니다. 아내와 둘이서 생활하던 시절에는 필요했을지도 모르지만 혼자가 되니 1년 내내 한 번도 사용하지 않은 게 있다는 걸 깨달았지요. 내 인생을 돌아보며 남은 인생 동안 사용하지 않을 물건이나 불필요한 물건을 단샤리해나갈 필요가 있습니다. 하지만 다양한 추억이나 언젠가는 다시 필요할지도 모른다는 생각이 방해를 해서 좀처럼 단샤리가 진행되지 않네요.

그래도 자립적인 생활을 위해서는 가능한 간소한 생활 방식으로 바꿔나가려는 노력이 필요합니다. 집 안의 가구나 장식품 등이 조금만 줄어들어도 청소가 편해집니다. 아내가 해주던 것을 조금씩 내가 할 수 있게 되면서 동시에 새롭게 나만의 방식을 도입해 집안일이나 생활방식을 바꿔나갔습니다. 기본적으로 일상사를 누구의 도움 없이도 혼자서 할 수 있도록 자립해 살아가는 것을 목표로 생활하고 있습니다.

일뿐만 아니라 다양한 사회활동에 참가하는 등 사회관계를 유지하는 것도 매우 중요합니다. 젊은 시절처럼 맹렬하게 활동할 수야 없겠지만 혹여 내 지식이나 경험이 도움이 되어 누군가 나를 찾아준다면 적극적으로 나가겠다고 마음먹고 있습니다. 그 일이 유급이건 명예직처럼 무급이건, 아직 세상이 나를 필요로 하고 있다는 사실이 기쁠 따름이며 이는 나의 자립으로도 이어집니다.

진료에 관해서도 젊은 시절과는 다른 관점이 생겼습니다. 안과에는 노안부터 백내장 등 노화로 인한 병이 있습니다. 예전에는 나와 이런 병은 아무런 관련이 없었지만, 지금은 단순한 지식으로서의 병이 아니라 내가 경험하고 있는 친근한 문제라는 의식이 생기기 시작했습니다. 환자에게 설명하는 방식에도 변화가 생겼지요. 젊은 시절에 비해 환자에 대한 공감이 강해졌습니다. 때문에 늙은 의사로서 다소나마 환자에게 도움이 되고 있지 않나 생각합니다.

이와 연장 선상에서 일반 분들을 대상으로 하는 시민 공개강좌 등에서는 오히려 저처럼 긴 세월을 겪은 사람이 이야기하는 편이 좋은 경우도 있을 듯합니다. 젊은 시절과는 다른 관점에서 자질구레한 것은 줄이고 보다 중요하고 큰 문제점을 명확하게 이야기할 수 있게 됐기 때문이지요. 연구자였던 현역 시절과 같은 강연은 이제 할 수 없지만, 나이에 맞게 사람들에게 도움이 되지 않을까 하는 생각에 의뢰가 들어오면 거절하지 않고 나갑니다. 사회와의 접점을 유지하며 자립하는 데 도움이 됩니다.

몸이 움직이는 건강한 동안에는 가능한 일을 해서 생활비를 벌어 자식들에게 의존하지 않아도 되도록 노력하는 것도 중요합니다. 물론 언제까지고 일할 수 있는 건 아니니 결국 연금 같은 공적인 수입에 의존하거나 저축해놓은 돈을 깨야 할 때가 오겠지요. 마지막에는 자식들에게 도움을 청하게 될지도 모릅니다. 그렇더라도 건강할 때만이라도 일하는 게 중요합니다. 그것이 자립으로 이어진다고 생각합니다.

앞서 한 이야기는 언젠가 나에게 죽음이 찾아올 때까지 '남은 인생을 어떻게 살아가느냐'하는 관점과 관련된 사항입니다.

한편 내 인생의 종착지를 의식하며 어떻게 죽음을 맞이할지를 생각하는 것도 자립을 위해 중요합니다.

젊은 시절에 생각했던 '죽음'이라는 이미지는 아내를 보내고 막상 혼자가 되니 크게 무너지더군요. 아내가 건강하던 때에는 '아직은 죽고 싶지 않다'는 마음이 아주 강했는데, 아내가 떠나고 혼자가 되니 죽음이 보다 가까운 문제로 느껴집니다. 아내를 떠나보내고 이 세상에 남기고 갈 것도 없으니 내가 죽더라도 아무런 걱정거리가 없습니다. 이런 상태에 이르고 보니 사생관이 변하더군요.

자립이란 수동적으로 죽음을 맞이하고 받아들이는 게

아니라 어떤 죽음을 맞이할지를 상상하면서 죽음과 대치하는 것이라고 생각합니다.

다양한 종교의 가르침이나 선배들이 살아온 방식 등을 참고해가면서 자기 나름의 이미지를 만들어 그 실현을 위해 적극적으로 살아나가는 것이지요. 소위 정신적인 혹은 영적인 자립을 도모하는 겁니다. 젊은 시절에는 오로지 지위와 그 분야에서의 권력을 갈망하고 조금이라도 많은 수입을 바라며 살아왔는데 일흔이 되니, 더군다나 다양한 기쁨을 서로 나눌 수 있는 사람이 적어지니 그런 것들은 인생에 아무 의미가 없더군요.

70년의 세월에 걸쳐 수많은 실패를 해가며 배워온 인생의 의미를 깊이 생각하는 시간을 갖고 마음을 풍요롭게 유지하며, 다가올 날을 착실하게 준비하는 것 역시 자립으로 이어진다고 봅니다.

내가 만난 사람들이
곧 나의 인생임을 기억하라

줄곧 버팀목이 돼주었던 아내가 떠나고 나니 각오는 했다지만 상실감이 너무 강해 외톨이가 된 듯했습니다. 어떤 의미에서는 그게 맞기도 하고요.

허나 내게 줬던 마지막 편지에 쓰여 있듯 육체는 이미 존재하지 않지만 아내는 분명 언제까지나 내 곁에 있어줄 겁니다. 아내를 다시 만나면 인생의 남은 시간을 즐겁고 의연하게 살아냈노라 자랑하기 위해서라도 결코 외톨이가 아님을 확실하게 인식해야 합니다. 죽은 뒤에도 내 곁에 바짝 붙어 있는 아내와 더불어 실로 많은 사람들이 나를 걱정해주고 있습니다. 예전에 아내가 해줬던 것처럼 다른 사람이 뭐든 다 해줬으면 하고 기대할 수는 없습니다. 그건 그저 어리광일 뿐이지요. 하지만 일적인 면에서, 마음 관리 면에서, 건강 면에서 등 다양한 생활의 단면에서 저마다 열심히 버팀목이 돼주고자 하는 분들이 있습니다. 처음에는 살며시 사양했었으나 지금은 그런 분들의 도움을 사양하지 않고 순순히 기대는 것도 중요하다고 생각하기 시작했습니다.

아내는 마침내 자신의 죽음이 가까워졌음을 느끼자 무슨 일이 있어도 장남을 만나고 싶다고 하더군요. 아마도 줄곧 나와 아이들의 관계를 회복시키고 싶다는 바람이 있었던 것 같습니다. 아내가 이런 상태가 되니 이제 와서 아이들을 찾는다고 할까 봐, 그렇게 여겨지고 싶지 않다는 게 내 본심이었기에 아내의 이 바람만큼은 모르는 척했지요. 그럼에도 제발 꼭 만나게 해달라고 하도 청하기에 어느 날 큰맘 먹고 연락을 했습니다. 장남은 바쁜 진료 와중에 짬을 내 즉시 야마구치까지 날아와줬습니다.

아내가 청하더군요. "내가 죽고 나면 아버지를 잘 부탁해요." 장남도 흔쾌히 승낙했습니다. 그리고 무엇보다도 내가 죽고 난 후의 뒷정리를 해주겠다고 약속해줬습니다. 실은 그 말에 나도 내심 안도했습니다. 지금껏 겨우 연하장 정도나 주고받았던 장남과의 사이에 일종의 유대가 생겼지요. 아내는 내가 선물했던 액세서리 등을 모두 모아 "아버지에게 받은 것이니 당신에게 물려줄게요. 부디 사용해주세요"라며 큰며느리에게 건넸습니다.

그 이후 장남은 종종 손자들 사진을 문자로 보내줍니다. 또한 찾고 있던 중고 오디오 스피커를 후쿠오카시에서 찾았는데 함께 보러 가지 않겠느냐고 연락해주더군요. 나도 음악을 좋아해 오디오에 몰두했던 시기가 있던 터라 장남이 같이 가자고 해주니 정말로 기뻤습니다. 그렇게 장남과 둘이서 오디오 가게에 갔습니다.

분명 장남 덕분이겠으나, 10년 이상 만나지 않은 장녀에게서도 연락이 왔습니다. 내가 도쿄에 자주 오니 한번 만나고 싶다는 내용이었지요. 당장에 일정을 맞춰 장녀 부부와 처음으로 만나는 세 명의 손자들과 함께 중화요리를 먹었습니다. 첫째 손자는 올해 중학생이고 셋째 손녀는 초

등학교에 입학했다고 하더군요. 가운데 둘째 손자는 귀여운 얼굴로 처음 만나는 할아버지를 흥미롭게 쳐다보는 모습이 인상적이었습니다. 멋진 남편을 만나 세 아이를 얻은 장녀가 행복한 가정을 꾸린 듯해 마음이 푹 놓였습니다. 그 이후 가끔 장녀 부부가 좋아하는 와인을 보내주곤 합니다. 장녀도 여러 가지 일로 연락을 해줬습니다.

아내의 마지막 행동이 없었다면 나는 지금도 오기를 부리고 있었겠지요. 신세 지는 일은 만들지 않겠다고 스스로 경계하고는 있지만, 그래도 마음 깊숙이에 아이들과 유대가 생겼다는 실감이 들어 행복합니다.

미유키 선생은 시도 때도 없이 잔걱정을 합니다. 한여름 날 일기예보가 나오면 "오늘은 부디 수분 보충 잊지 말아요" 하고 짧은 문자를 보내줍니다. 일주일에 한 번 병원에 가서 안과 진료를 할 때도 옆에 달라붙어서는 진료 짬짬이 지난주의 일상을 보고하는 대화가 계속됩니다. 조리방식, 주방용품 선택, 청소 비법으로 시작해 집안일 전반에서 내

스승입니다. 외출하지 않는 날에도 짧은 문자로 매일같이 잘 있는지 묻습니다. 생존 확인 문자인 셈이지요. 가족 이상으로 걱정해주고 도움을 줘 진심으로 고마워하고 있습니다. "요 2, 3일은 누구와도 이야기하지 않았습니다. 묵언수행 중이지요"라고 문자를 보내면, 저녁에 선생의 딸에게서 "오늘 하루는 어떠셨어요?" 하고 전화가 걸려왔습니다. 아마 내 묵언수행을 깨뜨리고자 하는 배려라고 생각합니다. 참으로 고마운 일입니다.

아내의 병상일기를 다시 읽어보니 "미유키 선생에게 '내가 죽은 후 남편을 잘 부탁합니다' 하고 부탁할 수 있어 마음이 놓였다"라고 쓰여 있더군요. 마지막 순간까지 아내는 혼자 남겨진 후의 내 생활을 걱정해 내 버팀목이 돼줄 분들을 준비해줬음을 새삼 느꼈습니다.

미조바타 씨는 주말에 빈번하게 찾아와 골방 정리나 쓰레기 버리기부터 시작해서 내가 혼자 생활할 수 있도록 집안을 정리해줍니다. 나는 별로 도움을 준 것도 없는데 싶어 미안한 마음뿐이지만, 그 호의를 순순히 받아들이기로 했습니다. 미조바타 씨의 헌신적인 도움이 없었다면 그야말로 지금쯤 집 안이 쓰레기투성이로 변해 정말로 쓰레기 집이 됐을 거라고 생각합니다. 무엇보다도 정리해주러 오면 그리운 옛날의 이야기를 나누며 스스로 몸을 움직이게 되기 때문에 정신적으로도 매우 중요한 일입니다. 언제까지고 도움만 받지 않도록 열심히 해야겠다면서 살아가는 일에 긍정적인 마음이 생겨납니다.

대학시절 제일 친한 친구인 가네다는 이즈카시에서 내과의를 하고 있는데 종종 전화를 걸어옵니다. 참 희한하게도 내가 우울하거나 마음이 무너지려 할 때 그렇습니다. 언제 한번 후쿠오카에서 함께 식사하자고 말했지만 개업의인 그는 밤에도 진료가 있어 일정이 잘 맞지 않아 여태 실현하지 못했습니다. 그래도 종종 전화를 걸어와 "괜찮나? 무슨 일 있으면 언제든 말하게"라며 챙겨줍니다. 50년에 걸친 교우관계라 짧은 대화만으로도 의지할 수 있는 사람이 있음을 느낍니다. 이 말이 무너지려는 내 마음을 다시 소생시켜줍니다.

이처럼 정말로 많은 분이 걱정해주고 여러모로 도움을 준 1년 반이 지나갔습니다. 모두 저마다 바쁠 텐데 미안한 마음이 들어 처음에는 사양해야겠다는 마음도 있었지만 순순히 호의를 받아들이고 하루라도 빨리 자립하는 게 중요하다는 걸 배웠습니다. 나 혼자서 생활하겠다는 마음을 단단히 먹었어도 한편으로는 많은 분의 도움을 고맙게 받을 줄도 알아야 합니다.

때로는 '죽은 아내가 내 서포터 그룹을 모두 준비해뒀구나' 하고 느낍니다. 많은 분들의 도움에 보답하기 위해서라도 혼자 틀어박히지 않도록 노력해야겠습니다.

죽을 때까지 계속 배우면서
재미있게 살아라

그저 끼니를 때우고 매일 숨을 쉬는 것만으로도 괜찮다면 어떻게든 계속 살아갈 수 있겠지요.

하지만 내 인생의 수확기를 풍성한 열매로 가득 차게 만들어줬던 아내는 결코 내가 그렇게 살기를 원치 않을 겁니다. 아내가 없어도 인생의 마지막 막이 내릴 때까지 최선을 다해 의연하고 멋지게 살아가기를 바라고 있으리라 생각합니다.

생물로서 그저 살아 있는 상태만 유지할 게 아니라 둘이서 함께 살던 때처럼 마음과 감정을 풍성하게 유지해가며 살아가야 합니다.

단순히 영양을 공급하는 식사를 할 게 아니라 요리의 즐거움을 맛보거나 때로는 친구나 허물없이 터놓을 수 있는 동료와 밖에서 함께 식사를 하는 것도 중요하다고 봅니다. 혼자 생활하다 보면 대부분은 그저 우두커니 식탁에 앉아 말없이 먹기 십상이지요. 그런 점에서 외식을 하면 비록 혼자 외출해도 요리사와 이야기를 하는 등 그럭저럭 웃으며 즐겁게 식사할 수 있습니다. 단순히 집에서 만들 수 없는 맛있는 요리를 먹기 위해서만이 아니라 요리를 정말로 맛있게 만들어주는 대화라는 조미료의 굉장함을 알게 됐습니다.

집에서 음악을 듣거나 때로는 콘서트홀에 가서 좋아하는 교향곡을 듣는 것도 감정을 유지하는 데 중요합니다. 아내가 건강하던 때에는 함께 외출해서 공연을 보고 그날 감상한 음악에 관해 이것저것 이야기를 나누며 식사를 하곤 했었지요.

다만 몇 가지 문제도 있습니다. 1주기를 끝내고 연말부터 정월을 어떻게 보내야 할지 고민됐지요. 어디 온천에라도 가서 느긋하게 있고 싶다는 생각에 인터넷으로 숙소를 찾았습니다. 그런데 숙박 예정자를 두 사람으로 입력하면 여러 개의 멋진 숙소가 나오지만 한 사람으로 입력한 순간 대부분의 숙소가 사라져버리더군요. 나오는 건 소위 시티 호텔뿐이었습니다. 이러면 평소의 출장 때와 다름없지요. 일본의 숙소는 기본적으로 한 방에 두 사람이 머무는 걸 전제로 경영되고 있다는 사실을 깨달았습니다.

혼자 하는 여행은 의외로 쉽지 않습니다.

연말부터 정월에 걸쳐 갈 곳도 없이 집에서 혼자 보내는 것은 아무리 생각해도 적적하고 너무 쓸쓸하게 느껴졌습니다. 그래서 이런저런 궁리를 했지요.

'옳거니, 뉴욕에 가자.'

뉴욕이라는 도시에는 모든 인종이 살고 있고 남녀노소 어우러져 같은 거리를 활보하지요. 더군다나 콘서트홀이나 미술관, 박물관이 많습니다. 뉴욕에서 연말을 보내는 게 제일이라고 생각했습니다. 하지만 많은 관광객이 해외

215

로 나가는 연말연시에는 항공료가 비쌉니다. 자유롭게 시간을 사용할 수 있는 늙은이의 특권을 쓰지 않을 수야 없다 싶어, 항공료가 오르기 전인 12월 중순에 나갔다가 모두가 나가기 전에 귀국해야겠다고 생각했습니다. 뉴욕 거리는 분명 크리스마스 장식으로 가득할 테니 거리를 돌아다니기만 해도 즐거울 테지요.

유럽과 미국에서는 크리스마스 음악으로 헨델이 작곡한 〈메시아〉를 많이 즐깁니다. 도중에 울려 퍼지는 트럼펫 음이 정말로 훌륭해서 마치 천국에서 환희와 축복의 음이 흐르는 듯합니다. 당장 인터넷으로 뉴욕 필하모닉의 공연 일정을 조사해 때마침 〈메시아〉가 연주된다는 정보를 알고 표를 구입했습니다. 실컷 크리스마스 음악 삼매경에 빠져보자는 마음이 들어 더 알아보니 뉴욕 팝스가 카네기홀에서 즐거운 크리스마스 음악을 연주한다고 하고, 또 뉴욕 필하모닉의 관악기와 타악기 주자만으로 이뤄진 팀이 크리스마스 음악을 연주하는 공연도 있다는 정보를 알아냈습니다.

이 모든 표를 구입해 뉴욕으로 향했습니다. 사흘 연속으로 다른 분위기의 훌륭한 크리스마스 음악을 즐길 수 있었습니다. 뉴욕 거리는 온통 크리스마스 장식으로 꾸며져 있어 밤길을 거닐다가 멈춰 서서 예쁜 조명 장식을 넋을 잃고 바라봤지요. 록펠러센터의 유명한 크리스마스트리는 언제 봐도 아름답고 황홀했습니다. 무엇보다 거리에 흐르는 크리스마스 음악이 밝고 즐거웠고 종교적인 음악도 마음에 스며들어왔습니다. 혼자서 거리를 걷고 있어도 쓸쓸하지 않아 크리스마스 분위기를 맘껏 즐겼습니다.

하루는 메트로폴리탄 미술관에 갔습니다. 항상 보러 가는 인상파 회화 이외에 이번에는 이집트미술 전시 코너도 돌며 다양한 발굴 작품을 봤습니다. 평소의 나였다면 분명 보지 않고 지나쳤을 테지만 내가 지금껏 보지 않았던 새로운 것이 보고 싶어 천천히 돌아봤습니다. 인류 문명 초기의 훌륭한 건축물 일부를 보고 있자니 전에는 맛보지 못한 감동이 느껴졌습니다.

큰마음 먹고 뉴욕에 가길 참 잘했다는 생각이 들었습니다. 뉴욕이라는 거리는 혼자 있어도 외로움을 느끼게 하지 혼자 하는 여행은 외롭습니다.
하지만 감성을 풍부하게 유지하기 위해서는
꼭 필요한 일이기도 합니다.

않습니다. 어쩌면 이국이라는 걸 처음부터 스스로 인식하고 있기 때문에 이방인으로서의 마음이 작용한 탓일지도 모르지요. 내년에도 와야겠다고 마음속으로 결심했습니다. 크리스마스 시즌에는 뉴욕에서 훌륭한 음악을 듣고 화려한 거리를 돌아보겠다는 목표가 생기니 마음이 풍성해지더군요. 물론 그 목표를 이루려면 열심히 일해야 하지만요. 이처럼 뉴욕에서 크리스마스를 즐긴 뒤에는 연말연시를 집에서 혼자 보내도 전혀 적적하지 않았습니다.

독서도 마음을 풍성하게 할 수 있는 방법입니다. 홀로 생활하며 누구와도 이야기 나누지 않아도 책을 읽으면 저자와 직접 대화할 수가 있지요.

나이를 먹으니 내가 나고 자란 일본이라는 나라에 대해 더욱 알고 싶어졌습니다. 특히 나처럼 의학부라는 이과 세계에서 생활해온 사람에게는 일본의 역사, 일본 고전, 일본 영성이나 종교, 일본 지리에 관한 책이 아주 신선하게 느껴집니다. 분명 의학을 배우는 인간으로서의 일은 어느 정도 끝났다는 마음과, 나의 그리 멀지 않은 끝을 생각하며 어떻게 죽음을 맞이할까 하는 데 흥미가 끌린 것으로 생각합니다.

무엇보다도 아내의 죽음이라는 현실을 경험한 순간, 이 세상에 이별을 고하는 일이 어떤 의미를 지니는지, 저세상은 어떻게 돼 있는지, 또다시 아내와 재회할 수 있을지 하는 의문이 솟아났습니다. 나는 천주교 신자고, 아내는 정토진종 신자지요. 이처럼 믿는 종교가 다르면 저세상에서는 어떻게 될까 하는 등의 의문이 끊임없이 솟아나옵니다. 자연히 읽는 책의 내용도 변해갑니다. 아직 '이거다' 싶은 해답을 손에 넣지는 못했지만 지금은 인생의 마지막 막을 내리는 방법과 저세상으로 가는 방법, 그리고 저세상에서의 생활을 생각하는 일이 흥미의 중심입니다.

아내가 건강하던 때에는 읽은 책의 내용을 내 나름대로 소화시켜 이야기하는 게 하나의 낙이었습니다. 하지만 지금은 그럴 수가 없습니다. 책을 통해 수중에 넣은 지식을 진짜 내 것으로 만들기 위해서라도 누군가에게 이야기를 해 깊이를 더하는 게 중요합니다. 그러려면 집에 틀어박혀 그저 책만 읽을 게 아니라 마음을 터놓을 수 있는 친구와 다양한 이야기를 나눠야 한다고 생각합니다.

일흔이 넘어가니 체력이 마음을 따라오지 못하긴 하지만 그래도 인생 최후의 막에서 마음 풍성한 시간을 보내려면 음악이나 책이 매우 중요합니다.

그리고 무엇보다 자신 주변에 분명 있을, 허심탄회하게 마음을 터놓을 수 있는 사람을 찾는 게 중요하다고 생각합니다.

은퇴 후 시작되는
인생의 황금기를 누려라

　현재 사회에서 중추로 활약하고 있는 사람들은 아마 40~50대일 겁니다. 충분한 체력이 있고 기력도 넘쳐나며 거기에 경험도 쌓여 분명 인생의 수확기에 있는 분들이지요. 생각해보면 내게도 그와 같은 시기가 있었습니다. 일흔이 된 내게 있어서는 그립고 또 부러운 인생의 시기입니다. 그래도 정년을 맞이하고도 한동안 대학 관리 및 운영에 관여했었는데, 대학을 완전히 벗어나니 내가 더 이상 현역이 아님을 실감하게 되더군요.

　'은퇴'라는 말은 어쩐지 쓸쓸함을 느끼게 하는데 뒤집어 생각하면 현역 때와 같은 책임은 지지 않아도 된다는 편안함이 있습니다.

예전에 내가 지도했던 의사들은 훌륭하게 성장해 대학에서 그리고 지역에서 열심히 의료와 의학에 공헌해주고 있습니다. 더군다나 나날이 발전하는 세상 속에서 새로운 기술과 지식을 받아들여 더욱 성장해나가고 있지요. 현역 시절을 그리워하며 언제까지고 당시의 인간관계를 유지하려고 하면 참으로 스트레스가 커집니다. '늙으면 자식을 따르라'는 말이 있는데 사회에서도 마찬가지라는 것을 느낍니다.

내가 키운 제자들이 훌륭한 수술을 할 수 있게 되고 진단에 있어서도 나와 다른 소견을 당당하게 말할 수 있게 되면 기쁨과 동시에 때로 섭섭함을 느낍니다. 하지만 나역시 그렇게 젊은 시절 선배들을 극복해왔을 터이니, 변화는 하나의 숙명임을 먼저 확실하게 이해하는 게 중요하다고 생각합니다.

다만 현역이 아니라고 해서 집 안에 틀어박혀 있어서는 안 됩니다. 확실히 현역 때처럼은 일을 처리해나갈 수 없을지도 모릅니다. 특히 최신 연구 성과나 지식을 항상 익히려고 해도 좀체 어렵지요. 무엇보다 내 주변에서 자극을 주는 젊은이들이 줄었습니다.

나 또한 체력이나 시력을 요하는 분야의 능력은 꽤 저하됐지요. 조금이라도 많이 걷거나 무리를 하면 피로가 확 몰려옵니다. 잘 맞는 안경을 챙겨도 노안으로 책 읽기가 수월치 않습니다. 더는 젊을 때와 같은 속도로 읽을 수 없습니다.

하지만 이런 마이너스 측면은 반대로 말하면 플러스 측면이 될 수도 있습니다. 최신 지식은 세세하게 이해 못 할 지도 모르지만 의외로 전체를 보는 눈은 나이를 먹을수록 잘 보입니다. '그런 의미였구나' 하고 젊은 시절에는 몰랐던 것이 갑자기 이해되기도 합니다. 큰 흐름이나 앞으로 나아가야 할 길 등, 각론이 약해진 만큼 전체의 모습이 잘 보이기 시작해서 짚어낼 수 있게 되는 이치라고 느끼고 있습니다.

'Patients believe in gray hair(환자는 백발을 믿는다).'

이 문구를 오래전 미국에서 귀에 못이 박이게 배웠습니

다. 경험이 풍부한 선배 선생을 환자가 신뢰하는 건 당연하다며, 젊은 시절에는 이 문구를 머리로만 이해했습니다. 하지만 실제로 일흔이 되고 내 머리가 새하얘지니 이 말이 지닌 의미가 그저 단순히 임상경험이 많고 적음의 차이가 아니라는 걸 알게 됐습니다. 환자가 의사에게 정말로 바라는 건 깊이 있는 이해 아닐까 하고 실감하게 되더군요.

일흔을 맞이하고 보니 환자의 인생은 내 인생과 꽤 많은 부분 겹쳤습니다. 비슷한 사회의 변화를 겪어온 동지끼리 통하는 일종의 공감이지요. 진단이나 치료는 최신 의학에 근거를 둬야 합니다. 다만 진단이나 치료법을 선택할 때는 그 환자의 인생 역사를 더듬고 그 배경에 있는 사회적 추이를 이해하는 게 중요합니다. 머리가 백발이 되어 환자와 공유할 수 있는 역사가 길수록 사람과 그 병을 이해할 수 있게 됩니다. 이것이 '환자는 백발을 믿는다'라는 문구의 참의미겠지요.

환자가 호소하는 것의 본질에 대해서 생각할 수 있게 됐습니다. 예전에는 몇 가지 검사 결과로 각기 도출되는 결론을 합치면 진단이나 치료 방침을 명확히 알 수 있다고 생각했었지요. 그런데 나이를 먹으니 환자의 가장 큰 고통이나 호소하는 바를 중심으로 생각하게 되더군요. 최선의 치료법은 결코 최신 치료법이 아닙니다. 환자의 나이에 따라서도 선택은 바뀝니다. 단순히 질병만이 아니라 환자의 모든 것을 관찰하며 이해하려고 노력하여 몇 가지의 선택지 중에서 그 환자에게 최선의 치료법을 선택하는 것이 중요하다는 것을 생각할 수 있게 됐습니다.

연구에서도 마찬가지입니다. 지금도 종종 젊은 선생에게 영어 논문을 봐달라는 부탁을 받을 때가 있습니다. 문법상의 오류 등 자잘한 부분은 마음에 걸리면 지적합니다. 허나 먼저 전체를 억지로라도 통독하면 큰 줄기가 보입니다. 논점이 깔끔하고 말이 통하는지 아니면 몇 가지 논점이 미묘하게 뒤섞여 연구의 목적이나 독자에게 말하고 싶은 바가 모호한지, 이런 점이 나이가 들고 보니 잘 보이더군요.

젊을 때는 나무를 보느라 숲을 보지 않았는지도 모릅니다. 숲은 생각지 않고 한 그루라도 더 크고 튼튼한 멋진 나무를 키우면 된다고 여겼던 듯싶습니다. 그러나 지금은 '나무를 보지 않고 숲을 볼 수 있게' 된 것 같습니다.

이처럼 나이가 들어 현역을 은퇴해도 그 나름대로 사회에 도움이 되는 길은 여전히 있습니다.

집에 틀어박히지 말고 적극적으로 밖으로 나가는 것도 중요합니다. 특히 아내를 먼저 보내고 나면 슬픔과 외로움으로 집에 머물며 즐거웠던 옛 일만 회고하기 쉽지만 심신의 건강을 위해서라도 부탁받은 일은 수락해서 사회에 나가야겠다고 생각하고 있습니다. 그러면 대학을 졸업한 이후 오랜 세월 동안 사회에서 쌓은 경험을 오늘날 사회에 활용할 길이 열리지 않을까요?

멋지게 나이 들고 싶다면
설렘을 포기하지 마라

저는 1947년에 태어나 올해 고희를 넘겼습니다.

1947년도 후생성(현재의 후생노동성) 통계를 보면 그해 평균수명은 50세였습니다. 하지만 의학과 의료가 진보하고 국토 위생상태가 개선되고 보험제도가 충실해짐에 따라 현재 일본인의 평균수명은 80세를 넘겼습니다. 다시 말해 50년으로 여기고 태어난 인생의 결승점이 나이를 쌓아나가는 동안에 30년 가까이 늘어난 것이지요. 일본은 세계에서도 유수의 장수국가가 됐으며 우리 인생의 양은 비약적으로 증가했습니다.

확실히 현재의 노인은 건강합니다. 그러나 생물종으로

서의 인간 자체는 딱히 변함이 없습니다. 옛날의 스무 살도 지금의 스무 살도 생물학적으로는 거의 같습니다.

늘어난 이 세월은 한창때의 체력이나 지식을 지닌 시기는 분명 아니어서, 인생의 양이 증가한 것과 마찬가지로 인생의 질이 높아졌는가 하는 것이 문제입니다.

고대 인도에서는 인생을 '학생기(學生期)', '가주기(家住期)', '임주기(林住期)', '유행기(遊行期)'라는 네 시기로 나눠 각 시기의 의미를 생각했다고 합니다. 소설가 이츠키 히로유키(伍木寛之)는 중국의 사신사상에 대응시켜 '학생기'를 '봄(靑春)', '가주기'를 '여름(朱夏)', '임주기'를 '가을(白秋)' 그리고 '유행기'를 '겨울(玄冬)'로 비유해 생각했지요.*

수명이 늘어났다는 것은 각 시기가 늘어난 것이 아니라 인생이 50년이던 시대에는 경험할 수 없었던 유행기를 지금은 보낼 수 있게 됐다는 말 아닐까요. 체력이나 지식을

＊ 이츠키 히로유키:《임주기 林住期》, 2008
　이츠키 히로유키:《고독의 권장 孤 のすすめ》, 2017

생각하면 틀림없이 질이 저하된 늙은 인생의 시간이 내 눈 앞에 존재하고 있을 뿐입니다.

나는 예순셋에 의학부 안과학 교수직을 정년퇴임했습니다. 그때까지는 아침부터 밤늦게, 때로는 심야에 이르기까지 진료, 연구 그리고 젊은 선생들을 지도하는 생활을 했습니다. 국내외의 학회 강연을 의뢰받아 주말에는 거의 어딘가로 떠났습니다. 연말연시를 제외하면 토요일과 일요일 두 날 모두를 집에서 보내는 건 1년에 한두 번뿐이었지요. 젊었기에 할 수 있었던 형편없는 생활이었다고 생각합니다. 그 후 3년 반 정도 대학 부학장으로서 대학 관리 및 운영에 종사했습니다. 이 기간은 아침 9시에서 오후 5시 근무였기에 비교적 규칙적인 생활을 했던 것 같습니다.

대학을 완전히 벗어나고서는 일주일에 이틀 정도 진료를 나갈 뿐이라서 비교적 여유 있는 생활을 할 생각이었으나, 일본 안구은행 협회의 상무이사로서 각막이식을 위한 안구기증을 독려하는 일로 전국을 돌아다니게 됐지요. 그래도 현직 의학부 교수로 있던 시기에 비하면 상당히 자유로운 시간이 생겼습니다.

환갑을 넘기고 일흔을 맞이한 무렵부터 예상대로 체력이 저하됐음을 스스로 느꼈습니다. 지금껏 해왔던 일을 할 수 없게 되는 것뿐만이 아니라 일단 기력적인 면에서 약해지더군요. 여러 작업 속도도 훨씬 느려지고요. '한창때 같았으면 이 정도쯤 일이야 하룻밤에 해치웠을 텐데' 하는 생각이 들수록 내 자신의 능력 저하에 울화가 치밀며 갈수록 나이 먹었다는 사실을 느낍니다. 눈도 노안 탓에 책을 읽을 때나 컴퓨터 화면을 볼 때 이제는 전부 안경을 챙겨야만 합니다.

처음에는 이 노화에 거역하려 몸부림쳤습니다. 그러나 어느 순간부터 거스르지 않고 노화와 함께 걸으면 되지 싶었지요. 작업 속도가 느려졌지만 그만큼 시간을 들이면 그만이고 또한 현역에서 은퇴했으니 시간적 여유는 충분했습니다.

최근 몇 년 새 '안티에이징(anti-aging)'이라는 사고가 화제가 되고 있습니다. 아주 옛날 진시황제가 불로불사를 염원했듯 안티에이징은 인류의 꿈 중 하나지요. 하지만 실제로 내가 나이를 먹으니 노화는 거역하는 것이 아님을 깨달

있습니다. 노화에 따른 변화를 받아들여 노화와 함께 살아가는 '컴에이징(com-aging, 노화와 함께)'이라는 사고방식이 자연스럽고 또 중요하다고 생각합니다. 노화를 적으로 돌리지 않고 벗으로 삼아 자신의 인생이 가치 있도록 정해진 시간 안에서 노력해나가는 것이 의미 있지 않을까요. 그저 외관의 젊음만 붙잡지 말고 세월을 거친 내면의 풍요로움을 쌓아나갈 수 있기를 바라고 있습니다.

앞으로 갈수록 외관은 꼴사나워질 테고 젊은이처럼 행동할 수는 없어도 다음 세대에게 꿈을 이야기하며 방향을 제시할 수 있도록 나이를 먹어가고 싶은 마음입니다.

나이를 먹으며 능력은 저하되지만 다음 세대에게 꿈을 일임하고 세대를 초월해 꿈을 이어나가는 게 유한한 세계를 살아가는 우리가 할 수 있는 진정한 불로불사가 아닐까 싶네요.

그런 의미에서 나는 안티에이징이라는 말이 싫습니다. 거역하는 것이 아니라 함께 걸어가는 자세, 노화와 함께라는 사고방식이 중요하다고 여기게 되었습니다.

나이를 먹어가니 설레는 마음이나 감동하는 마음이 조

노화를 적으로 돌리지 않고 벗으로 삼아
자신의 인생이 가치 있도록
노력해나가는 것이 중요합니다.

금씩 약해지더군요. 더군다나 혼자 생활하고 있으니 모든 일에 신중해져 좀처럼 새로운 일에 발을 들여놓지 않게 됩니다. 삶의 보람이나 일하는 보람을 향해 에너지를 발산 하려면 역시 설레는 마음이 중요하다는 걸 뼈저리게 느낍니다.

한편 젊은 시절에는 내 미래에는 무한한 세계가 있고 다양한 가능성이 열려 있으며 어떤 길을 걸을지 내 노력 여하에 따라 달라질 수 있다는 마음이 있었습니다. 그러나 나이를 먹으니 새로운 사회와 관계를 만들려고 해도 얼마 남지 않은 시간 동안 어디까지 할 수 있을지 하고 무의식 중에 생각해버리고 맙니다. 그러면 새로운 가능성을 찾겠다는 마음이 위축돼버리죠.

여러 측면에서 새로운 사회와의 관계나 새로운 인간관계를 만드는 일에 겁쟁이가 됩니다. 세상은 인간이 원숙해졌다며 훌륭한 것처럼 말하지만 나는 말로 형용할 수 없는 공허함을 느낍니다. 이런 상태로 어떻게든 설레는 마음을 유지하기란 좀처럼 쉽지 않습니다.

아내는 죽기 직전에 말했습니다.

"내가 죽으면 나카스의 젊은 아가씨와 즐겁게 놀며 지내요."

주위에 이 이야기를 아무리 해도 "그런 말을 사모님이 했을 리가 없잖아요. 선생님이 지어낸 이야기죠?" 하며 믿어주지 않더군요.

1주기가 끝나는 무렵까지는 정말로 슬픔에 잠겨 있었습니다. 그런데 이제 두 번 다시 아내가 돌아오지 않는다는 사실을 이성뿐만 아니라 감성으로도 알게 됐지요. 동시에 살갗의 온기가 없는 생활이 정말로 고독하다는 걸 느끼기 시작했습니다. 의외로 이성이라는 존재가 적적한 마음을 채우는 데 중요하다는 걸 느끼기 시작했습니다.

아내가 전하고 싶었던 건 설레는 마음을 지니고 살아가라는 말이었을 테지요.

언제 닥칠지 모를
긴급 상황에 대비하라

일흔 넘은 남자가 혼자 생활할 때는 몇 가지 큰 걱정거리가 있습니다.

하나는 불 단속이고 또 다른 하나는 병과 부상입니다. 또 내가 외출해 있는 동안에는 집에 아무도 없으니 택배나 서류 등을 받는 것도 의외로 신경이 쓰이더군요. 어떤 의미에서는 다양한 긴급 상황을 예상해서 준비해두는 자세가 중요합니다.

다행히 옆집 부부가 참으로 멋진 분들이라 장기간 집을 비울 때면 여러모로 신경을 써줍니다. 이 또한 마음의 평안 유지에 도움이 되는데, 이처럼 이웃과의 관계도 중요합니다. 도시와 달리 지방에 살고 있기에 가능한 일인지도 모르겠네요.

홀로 생활하며 가장 주의하고 있는 것은 불 단속입니다. 불이 나면 나 혼자만이 아니라 이웃에게도 큰 피해를 주고 맙니다. 신경질적인 수준으로까지 불에 주의를 기울여야 합니다.

젊은 시절과 달리 깜박하고 불을 켜놨다는 사실을 잊어버릴 때가 있습니다. 다행히 주방은 인덕션이라 직화가 아닙니다. 그래도 1년 동안 네다섯 번 정도 냄비를 올려놓고 전원 끄는 걸 잊어버리곤 하니 큰일은 큰일입니다. 그대로 가만히 인덕션 앞에 있으면 괜찮지만 무심코 다른 작업을 하다가 거기에 열중해버립니다. 다 데워지면 전원부터 꺼야 한다고 늘 주의한다고 하는데도 깜빡합니다.

화재만큼은 내서는 안 된다고 석유난로에도 상당히 신경을 쓰고 있습니다. 온풍기로 난방을 하면 불 걱정은 없으니 되도록 온풍기를 쓰려고 합니다. 하지만 온풍기로는 따뜻한 정도가 좀 약한 데다 방 안에 공기의 흐름이 발생해 추위를 느낄 때가 있습니다. 난로에서 나오는 그 뭐라 말로 표현할 수 없는 마음까지 스미는 듯한 따뜻함이 아무래도 간절해집니다. 혼자 생활하며 제일 갈망하는 것은 어쩌면 그 따뜻함일지도 모르겠군요.

마음을 따뜻하게 하는 수단으로 양초의 빛도 좋아합니다. 아내가 건강할 땐 종종 양초에 불을 켜놓는 게 우리의 낙이었습니다. 유럽에 여행 갈 때면 멋진 양초를 사 왔지요. 허나 혼자가 되니 불을 켜는 건 좋은데 불 끄는 것을 잊었다가는 큰일이라는 생각이 들어 과감히 양초는 모두 처분했습니다. 양초를 즐기는 시간은 인생에 두 번 다시 오지 않는 건가 싶으면 조금 슬퍼지지만, 불을 냈을 때의 위험을 생각하면 어쩔 수 없는 일이라고 스스로를 설득했습니다. 불단의 초도 걱정이 돼 선향에 불을 붙이자마자 초는 바로 끕니다.

요즘의 전자제품은 다양한 소리를 냅니다. 냉장고 문이 반쯤 열려 있으면 삐-삐- 하고 경고음이 나오고 전자레인지나 세탁기도 종료되면 소리로 알려주더군요. 이내 소리에 아주 민감해졌습니다. 조금이라도 들은 적 없는 생소한 소리가 나면 바로 그 음의 진원지를 찾아야만 합니다. 이 따금 뭔가를 깜박하고 있던 것의 경고일 때가 있으니까요. 그 이외에도 바깥의 바람이나 자동차가 지나가는 소리 등 그게 뭐든 소리에 민감해져 버렸습니다. 둘이서 생활하던 때에는 분명 신경 쓰이지 않았을 소리도 혼자가 되니 아주 민감해져서 어떤 의미에서 마음이 편안해지지 않습니다.

또 한 가지 곤란한 것이 택배나 서류 배송입니다. 둘이 서 생활하던 때에는 어느 한쪽이 집에 있어 수령을 했었지 요. 혼자서는 그렇게 할 수 없으니 부재중일 때마다 다시 배송하러 오게 만드는 상황이 생기더군요. 온종일 집을 비 웠다가 저녁에 돌아오면 부재중 배송 알림 종이가 붙어 있 고는 합니다. 재배송을 신청하는 방법은 택배사마다 조금 씩 다릅니다.

유팩(일본 우편 주식회사가 취급하는 택배 서비스-옮긴이)은 인 터넷으로 재배송을 신청하는 방식을 배웠습니다. 하지만 내가 집에 있을 법한 시간대를 지정해서 재배송을 신청해 야만 하므로 사실 신경이 쓰입니다. 아침 일찍 나가는 날에는 8시 반 무렵에 배송을 신청합니다. 또 낮 동안 집을 비우는 일이 많으니 밤 9시경에 신청할 때도 있습니다. 반면 집에 있을 때는 아침부터 밤 9시까지는 언제든 받을 수 있도록 대비해야만 합니다. 그래서 샤워 같은 것도 꼭 택배를 받은 이후에 하게 됩니다. 다시 신청해서 받으면 되지 않겠느냐 하겠지만 택배 수령은 꽤 힘이 듭니다.

나이를 먹고 무거운 것을 옮기는 게 고통스러워졌습니다. 이전처럼 슈퍼마켓에서 상자 단위로 미네랄워터나 청량음료를 사 들고 오는 일이 힘듭니다. 요즘에는 한 통 내지 두 통, 내가 운반할 수 있는 범위에서 구입을 합니다. 홈쇼핑으로 사면 집까지 배송을 해주니 요긴하게 이용하고 있지만 수령일 지정을 잘못하면 배송 기사에게 피해를 주게 됩니다. 꽤 신경을 써야 하지요.

한 가지 더, 혼자 생활하며 걱정되는 것은 병과 부상입니다. 젊은 시절부터 건강에 신경을 쓰지 않아 몸이 성인병 카탈로그 같았던 터라 심장이나 뇌에 언제 어떤 일이 일어나도 이상할 게 없었지요. 아내를 먼저 보내고 혼자가 되고부터는 더 이상 죽음이 그리 두렵지 않아졌습니다. 오히려 하루라도 빨리 데리러 오길 바라는 마음마저 들 정도였지요. 다만 죽음에 이르는 과정에서 많은 분들에게 피해를 주게 될까 봐 오로지 그게 걱정이고, 꼴사나운 죽음만은 피하고 싶다는 심정입니다.

하지만 아내가 죽기 몇 주 전에 내게 남겨준 마지막 편지 속 '당신에게는 아직 사명이 있어요'라는 말이 강하게 마음에 박혔습니다. 신의 재량으로 그때가 올 때까지 전력으로 내 사명을 완수하기 위해 스스로 건강을 유지하고 머릿속을 선명하게 해두지 않으면 안 됩니다. 인생이 끝나 아내와 저세상에서 재회했을 때 "그 이후 이렇게 열심히 살았소" 하며 자신 있게, 그리고 살짝 자랑하듯이 이야기하기 위해서라도 건강관리는 중요하다고 생각하고 있습니다.

다행히 훌륭한 순환기 선생과 당뇨병 선생을 만나 생각 외로 성실하게 정기적으로 진료를 받고 있습니다. 그러나 언제 몇 시에 심장 발작이 일어나거나 뇌경색이 생길지 모르는 일이지요. 독거생활을 하고 있으니 그런 긴급 상황에 대응할 수 있도록 준비를 해둬야 합니다.

단샤리를 위해 다양한 가구나 물건을 옮겨야 할 때가 있습니다. 어느 날 CD플레이어와 앰프를 2층에서 1층으로 옮기려 했습니다. CD플레이어는 비교적 가벼워 주의해가며 계단을 내려오면서 옮길 수 있었지요. 다음으로 앰프를 옮기려는데 이게 아주 무겁더군요. 무거운 물건을 들어 올리려다 허리를 삐끗하면 큰일이다 싶은 생각이 머릿속을 스쳤지만, 괜찮겠지 하는 안일한 생각에 과감히 옮겨보자 했지요. 이것이 모든 실패와 후회의 시작이었습니다.

30킬로그램이 넘는 앰프를 들고 계단에서 떨어지면 큰일이겠다 싶어 아주 조심조심 한 계단 한 계단 신중하게 내려갔습니다. 한 계단 내려갈 때마다 쿵 하고 무게가 느껴졌습니다. 그래도 무사히 계단을 내려왔는데 1층까지 다 내려와 한두 걸음을 내딛은 순간 균형을 잃고 말아 발이 휘청거렸습니다. "오" 할 새도 없이 머리부터 책장에 부딪쳤습니다. 이마와 입에 상처가 나고 오른손은 앰프와 책장 사이에 끼였지요. 이마에서는 엄청난 출혈이 났습니다.

주변에는 아무도 없습니다. 어떻게든 이마를 눌러 지혈을 해야 한다고 생각은 했지만 옆에 있는 게 하필 마른걸레뿐입니다.

일단은 걸레로 지혈을 했는데 조금도 멈출 기미가 안 보이더군요. 주방까지 걸어가 키친타월을 사용했지만 멈추지 않았습니다. 몇 개의 서랍을 열어 수건을 찾아 출혈을 멈추려고 했지만 좀체 멈추지 않았습니다. 이내 문득 이대로 출혈이 멈추지 않아 의식이 사라지면 어떻게 될까 하는 생각이 들더군요.

혼자 사는 사람이 이런 사고를 당하면 어떻게 해야 좋을지 몰라 당황하기 마련입니다. 집에는 아무도 없습니다. 구급차를 불러야 하나? 한데 구급차에 타면 병원을 지정할 수 없으려나? 먼저 어느 병원에 갈지 정해야 하지 않나? 이런저런 생각이 들었습니다. 격주로 안과 진료를 하고 있는 병원이 차로 20분 거리에 있었습니다. 일단 그 병원 안과부장인 에노 선생에게 전화를 걸어 의논해야겠다고 마음먹었습니다.

전화하려는데 스마트폰은 손가락으로 터치를 해 여러

항목을 선택해야 하는 물건인지라, 손가락이 피로 젖어 있으니 인식을 못해 화면이 바뀌지 않더군요. 전화번호를 찾아내는 데만도 엄청나게 애를 먹었습니다. 필사적인 마음으로 간신히 전화를 걸었지만 진료 중이라 전화 연결이 안 됐지요. 병원 대표번호를 찾아 겨우 에노 선생과 연결이 됐습니다. "준비해놓을 테니 바로 오세요" 하고 친절하게 말해줬습니다.

그러고서 다시 지혈을 시도했지만 출혈이 완전히는 안 멈추더군요. 계속해서 새로운 수건을 이용해 출혈이 약간 멎었을 때쯤 평소 이용하는 택시로 전화를 했습니다. 운전기사에게 사정을 이야기하고 시트를 더럽히지 않도록 목욕타월을 깔고서 병원으로 향했습니다. 병원에 도착하니 휠체어가 준비돼 있어 그대로 치료실로 들어갔습니다. 바로 뇌 외과 선생이 와서 검사를 하고 이마의 상처를 치료하기 시작했습니다.

이동용 침대에 실려 맨 먼저 CT검사를 받으러 향했습니다. 의식은 또렷했습니다. 이동용 침대에서 바라보니 천장이 굉장한 기세로 움직이더군요. 지금껏 본 적 없는 풍경입니다. 출혈이 멈추지 않는다는 불안이 느껴지는 한편 이대로 죽어도 좋으려나 하고 무심코 생각했습니다. 혼자 생활하다 보면 앞으로도 이런 일이 몇 번이나 더 일어날 텐데 하는 생각도 들었습니다. CT검사 결과 다행히 머리뼈는 부러지지 않았고 뇌 쪽 출혈도 없어서 피부 봉합만으로 해결됐습니다.

예전에 부정맥으로 긴급 입원한 적이 있었는데 그때는 아내가 모든 것을 챙겨서 달려와줬지요. 나는 그저 침대에 누워 주치의 선생의 처치를 받기만 했을 뿐 다양한 서류 기입도 전부 아내가 해줬습니다.

이번에는 부상으로 인한 긴급 상황이었기에 아무런 준비도 없이 그저 지혈을 하고 봉합만 하면 바로 집으로 돌아갈 수 있겠지 하는 가벼운 마음으로 병원에 갔습니다. 그런데 긴급 입원을 하게 됐지요. 지갑과 집 열쇠 이외에는 아무것도 들고 오지 않았습니다. 고맙게도 에노 선생과 제자인 안과 선생이 세면도구를 구해주고, 집에서 속옷과 잠옷을 챙겨 와줘서 그럭저럭 3주 가까운 입원생활을 무

사히 보낼 수 있었습니다. "제자로서 당연한 일입니다"라
며 가족 이상으로 여러모로 보살펴줘 고마울 따름이었지
요. 간호사, 시능훈련사(시각기능에 장애가 있는 사람의 기능 회
복을 위한 교정 훈련 및 검사를 직업으로 하는 사람-옮긴이), 진료비
서 등 안과 직원들이 아침저녁 근무 틈틈이 병실을 찾아와
말을 걸어줬습니다. 고마운 일입니다.

'결국 인생의 마지막까지 아무에게도 신세를 지지 않을
수는 없는 게로군.' 내 마지막 장면을 상상하며 통감했습
니다.

텔레비전 같은 데서 재해를 대비한 비상용 가방에 대해
자주 보도하는 걸 봤습니다. 가방이나 봉투 하나에 필수품
을 모아두는 게 중요합니다. 일흔이 넘어가면 긴급하게 입
원해야 하는 사태가 일어날 가능성이 매우 커집니다. 실제
부상으로 긴급하게 입원한 경험을 통해 재해 대비용과 마
찬가지로 아래와 같은 물품을 담은 비상용 입원 가방을 준
비해둬야겠다고 절실히 느꼈습니다.

1. 속옷(다섯 벌 정도)

2. 잠옷(검사나 치료를 위해 앞이 벌어지는 옷이 좋습니다. 세탁을 생각해 최소 두 벌)

3. 건강보험증(이건 비상용 입원 가방보다도 지갑 같은 데 넣어두고 항상 지니는 것이 좋습니다.)

4. 세면도구 한 세트(칫솔, 치약, 비누, 샴푸, 빗, 솔, 면도기 등)

5. 얼마간의 현금

6. 긴급연락처를 적은 카드(똑같은 것을 지갑 안에 넣어 항상 들고 다니는 것이 바람직합니다.)

7. 수건(여러 장)과 목욕타월

8. 슬리퍼

9. 스마트폰 충전기

만일의 상황이 닥치면 이 비상용 가방만 들고 병원에 가면 되게끔 준비해둘 필요가 있음을 느꼈습니다.

물론 일흔이 넘은 독거노인에게 그런 일이 일어나기를 바라는 건 아니지만, 병이나 부상 때문에 긴급 상황이 발생할 가능성을 냉정하게 판단해서 늘 대비해두지 않으면 안 됩니다. 여기에서도 '나쁜 일은 일어나지 않았으면 할 때에 일어난다'는 머피의 법칙이 작동할지도 모릅니다. 언제나 준비를 소홀히 하지 말라는, 인생에서 가장 중요한 교훈이 느껴지는 순간입니다.

남은 인생은 덤이라 여기고
마음껏 즐겨라

젊은 시절부터 내 몸을 과신해온 걸까요, 혹은 시대적으로 철야를 해가며 일하는 게 미덕이라는 사고방식에 물들어 있었던 걸까요. 건강이라는 건 조금도 염려하지 않고 일해왔습니다. 다만 실험동물에게 옮은 원인불명의 발열, 때를 놓친 맹장염 등으로 입원하거나 수술을 받은 적은 있지만 다행히 큰 후유증 없이 넘어갈 수 있었습니다.

그런데 쉰을 넘긴 무렵부터 여기저기서 몸이 덜거덕거리기 시작했습니다. 위궤양 출혈로 긴급 입원해서 치료를 받았습니다. 그 이후에는 가벼운 협심증 발작이 일어나서 심장 혈관에 스텐트를 삽입했습니다. 이 두 병을 앓은 후

체중이 갑자기 불기 시작했습니다. 원래도 절대 마를 리 없는 몸이었지만 더욱 살이 쪄 이번에는 당뇨병 초기라는 진단을 받았습니다. 성인병 대행진이 되고 말았지요. 지금도 순환기와 당뇨병 전문 선생에게 정기적으로 진료를 받으며 약을 먹고 있습니다.

아내와 결혼할 때 1년에 한 번은 반드시 건강검진을 받아 몸 상태를 점검하기로 약속했습니다. 매년은 하지 못해 그 약속을 완벽하게 지킬 수는 없었지만 몇 년에 한 번씩은 건강검진을 받았습니다. 내 몸에 관해 아내는 과하다 싶을 정도로 이것저것 걱정했었지요. 그런데 얄궂게도 나를 걱정해주던 아내가 자궁경부암으로 먼저 떠났습니다. 자궁경부암은 일정 나이부터 매년 검진을 받으면 비교적 초기일 때 발견할 수 있는 질병입니다. 인생 참 얄궂지요.

혼자 사니 생명에 직결되지 않는다고 해도 감기나 발열 등으로 아프거나 부상을 입지 않도록 주의해 생활해야 합니다. 건강해야 집안일도 소화할 수 있지요. 열이 나 몸이

나른해지면 집안일을 할 기력이 솟아나지 않습니다. 아무도 대신해줄 사람이 없으므로 아무리 괴로워도 요리나 세탁물은 직접 관리해야 합니다.

한번은 감기에 걸려 열이 난 적이 있었지요. 방을 따뜻하게 하고서 침대에 들어가 충분히 땀을 내며 조금이라도 빨리 낫도록 노력했습니다. 열 때문에 몸이 나른한 데다 꼼짝 않고 침대에 누워만 있으니 여러 생각이 머리를 스치더군요. 기분이 우울해졌습니다. 누가 얼음주머니 좀 올려줬으면 싶어도 직접 일어나 냉동고에서 꺼내오는 수밖에 없었지요.

한데 병이라는 건 그 성질상 스위치를 끈다고 단번에 낫지 않습니다. 일정 경과를 거치면서 서서히 나아가지요. 어른들 말씀처럼 '시간이 약'입니다. 이 기간에 어떻게 생활하느냐가 중요합니다.

이처럼 아프면 큰일이므로 감기에 걸리지 않도록 평소 몸에 신경을 써야 합니다. 이를 위해서라도 착실하게 규칙적인 생활을 하며 식사를 제때 챙겨 먹는 등의 주의를 기울이고 있습니다.

확실히 오래 사는 건 좋은 일일지도 모릅니다. 허나 다른 각도에서 생각하면 환갑까지, 나아가 일흔까지 건강하게 살 수 있었다는 데 깊이 감사해야겠지요. 남은 인생은 어떤 의미에서 덤이니, 언제 데리러 와도 상관없도록 마음의 준비를 해둬야 한다고 생각합니다.

나처럼 아내를 먼저 보내고 홀로 남아 생활하다 보면 딱히 이 이상 계속 살아야겠다는 기력은 사라집니다. 그렇다고 엉망진창으로 살며 얼른 그날이 오면 좋겠다고 생각하지는 않습니다. 그저 자연의 흐름에 맡겨 매일 아침 무사히 눈이 떠지면 새로운 하루를 선물 받았다는 생각으로 감사해하며 하루를 보내는 것이 좋을지도 모릅니다.

'이제 그만 이승을 떠나볼까, 선향의 연기와 함께 재가 되리, 잘들 있게나.'

짓펜샤 잇쿠(十返舍一九, 에도시대의 대표적 작가-옮긴이)의 사세구인데, 의외로 이런 말을 뱉으며 사라질 수 있는 삶의 방식이 좋을지도 모르겠군요.

다만 마지막 시간을 괴로워하거나 주변 사람들에게 피해를 줄까 오로지 그것이 걱정입니다. '나머지는 될 대로 돼라' 싶지만 꼴사나운 죽음만은 맞이하고 싶지 않습니다. 죽음이 언제 올지 알 수 없는 노릇이라 고민은 끝이 없습니다.

매일 밤 잠들기 전에 내일 일어나지 못해도 괜찮다고 생각하며 침대에 들어가는 자세가 중요하다고 봅니다.

늙은 남자 혼자 살아간다는 것은 인생에서 새로운 도전입니다. 부부 중 어느 한쪽이 먼저 떠나는 거야 인간사 운명이지요.

일반적으로는 남자인 내가 먼저 떠날 거라고만 생각했습니다. 그런데 암이 발견되고 1년 반이라는 짧은 시간 안에 아내가 먼저 떠나는 상황에 직면하고 보니 어떻게 생활을 이어나가야 할지가 새로운 도전이었지요.

매일의 생활에 더해 그 생활을 유지하기 위한 일까지 양쪽을 소화해야만 했습니다. 일이 있어 생활이 필요하고 생활을 위해 일이 존재하니까요. 둘이서 살 때는 생활의 꽤 많은 부분을 아내가 담당해줘서 나는 일에 전념할 수 있었습니다.

혼자가 되니 양쪽을 적당한 균형으로 실행하지 않으면 안 되더군요.

이런 나날이 올 것을 생각해 둘이서 미리 요즘 식으로 집안일을 분담했었다면 이런 사태에 직면해도 허둥지둥 하지 않았을지 모릅니다. 하지만 변명을 하자면 그건 아내가 바라던 일이 아니었으며, 나 역시 평생에 걸쳐서 해온 일을 완수해내는 것만으로도 정신이 없었습니다. 다행히 반년 정도였지만 마지막 시간을 아내와 함께 평온하게 보낼 수 있었지요. 이 기간에 어느 정도의 집안일을 전수받았지만 실제 혼자 생활해보니 배워뒀어야 하는 일이 여전히 많다는 걸 깨달았습니다.

우리 부부 사이에는 자녀가 없습니다. 아내에게는 먼저 떠난 전남편과의 사이에 자녀가, 또 나에게는 헤어진 전처와의 사이에 자녀가 있지요. 그러나 모두 성장해 각자의 가정을 꾸려 독립해서 훌륭하게 살고 있습니다. 따라서 혼자가 된 나와 함께 살 사람은 아무도 없습니다.

이런 상황 속에서 아내를 먼저 보낸 일흔의 남자가 어떤 일로 고생하고, 어떤 고민을 하며, 어떻게 닥친 일을 해결해나가는지의 과정을 담았습니다. 많은 분에게 '뭘 새삼스레 이제 와서. 당연한 일이구면' 하는 소리를 들을 법한 그 일을 일흔이 넘어 배워나갔습니다.

나와 마찬가지로 안타깝게도 아내를 먼저 떠나보낸 분들에게 도움이 되기를, 또 남겨진 자녀들이 어머니가 떠난 이후 혼자 남은 아버지가 어떤 생각을 하고 있는지를 이해하는 데 도움이 되기를 기도합니다.

또 무엇보다 사랑하는 사람이 떠난 후에야 그 사람의 빈자리를 느끼며 후회하는 일이 없기를 바랍니다.

혼자가 되었지만 잘 살아보겠습니다

초판 1쇄 인쇄 2018년 11월 3일
초판 1쇄 발행 2018년 11월 13일

지은이 니시다 데루오 **옮긴이** 최윤영
펴낸이 김종길 **펴낸 곳** 글담출판사 **브랜드** 인디고

기획편집 이은지·이경숙·김진희·김보라·김은하·안아람
마케팅 박용철·김상윤 **디자인** 정현주·박경은·손지원 **홍보** 윤수연·김민지 **관리** 박은영

출판등록 1998년 12월 30일 제2013-000314호
주소 (04029) 서울시 마포구 월드컵로 8길 41
전화 (02) 998-7030 **팩스** (02) 998-7924
페이스북 www.facebook.com/geuldam4u **인스타그램** geuldam
블로그 http://blog.naver.com/geuldam4u

ISBN 979-11-5935-041-2 (03830)
책값은 뒤표지에 있습니다.
잘못된 책은 바꾸어 드립니다.

이 도서의 국립중앙도서관 출판시도서목록(CIP)은 e-CIP 홈페이지(http://www.nl.go.kr/ecip)
와 국가자료공동목록시스템(http://www.nl.go.kr/kolisnet)에서 이용하실 수 있습니다.
(CIP 제어번호 : 2018033216)

만든 사람들————
책임편집 김진희 **디자인** 정현주 **교정교열** 신혜진

글담출판에서는 참신한 발상, 따뜻한 시선을 가진 원고를 기다리고 있습니다.
원고는 글담출판 블로그와 이메일을 이용해 보내주세요. 여러분의 소중한 경험과 지식을 나누세요.
블로그 http://blog.naver.com/geuldam4u 이메일 geuldam4u@naver.com